U0356607

无尽绿

无尽绿

（增订本）

宋乐天 著

北京大学出版社
PEKING UNIVERSITY PRESS

图书在版编目（CIP）数据

无尽绿 / 宋乐天著. — 增订本. —北京：北京大学出版社，2019.7
ISBN 978-7-301-30499-0

Ⅰ. ①无… Ⅱ. ①宋… Ⅲ. ①散文集 – 中国 – 当代 Ⅳ. ①I267

中国版本图书馆CIP数据核字(2019)第087197号

书　　名	无尽绿（增订本） Wu Jin Lü（Zengding Ben）
著作责任者	宋乐天　著
责任编辑	张文礼
标准书号	ISBN 978-7-301-30499-0
出版发行	北京大学出版社
地　　址	北京市海淀区成府路205号　100871
网　　址	http://www.pup.cn　　新浪微博：@北京大学出版社
电子信箱	pkuwsz@126.com
电　　话	邮购部010-62752015　发行部010-62750672 编辑部010-62767315
印 刷 者	天津图文方嘉印刷有限公司
经 销 者	新华书店
	880毫米×1230毫米　32开本　9印张　157千字
	2015年11月第1版
	2019年7月第2版　　2019年7月第1次印刷
定　　价	79.00元

未经许可，不得以任何方式复制或抄袭本书之部分或全部内容。

版权所有，侵权必究

举报电话：010—62752024　电子信箱：fd@pup.pku.edu.cn

图书如有印装质量问题，请与出版部联系，电话：010—62756370

目次

自序

这里收录的，是十多年来我所写的关于浙江风土的文章。大致可再细分为：回忆故乡的一类，如《水里的东西》《蚕桑故事》《紫云英、看麦娘》等篇；博物考证类的，如《木莲豆腐》《染色笔记、染色试验》等；定居杭州以后，逐渐产生记录风俗世情的想法，遂有《天竺香市》《龙井问茶》《西湖莲市》等。当然，以上分类只是聊备一格，因为事实上，不少篇目同时涉及了回忆、考证、风俗和工艺。这些文章，除了都可归到浙江风土的主题之下，尚有一个共同点，即多数是以植物为主角的。喜欢亲近花草树木，对于乡村出身的人来说，也算是自然而然的事吧。

这些文章中，最长的一篇是《青与清明果》，说的是江南人生活里年年留下痕迹的清明风物。就我自己而言，“青”与清明果这两者代表着故乡记忆与情感，是故乡的一种典型的象征物；因此，这些年来，一直留意着相关的民俗植物研究作品。然而，令我意外的是，在提及江南地区用于制作清明果的植物原料时，这些作品中的多数，显示出田野调查、田野经历的缺乏，其解说往往语焉不详，甚而有张冠李戴者。也许是我受限于阅读量，得出了以偏概全的结论，但也确有这样一种可能：对乡土经验、乡土知识的研究记录，还有待深入。在这方面，自己因有农村生活的经历，来到城市后也保持着与家乡的联系，得以有所积累，便希望借此机会加以梳理，或可为“地方知识”的完备添一点砖瓦。话虽这么说，写完以后还是感到惶恐，尤其涉及物种鉴定与分类学专业知识时，作为业余爱好者不免捉襟见肘。此外，囿于现实条件，我的田野经验也尚有未尽之处。这两个局限也体现在其他篇目上。

书中多次引用了杭州人高诵芬的回忆录——《山居杂忆》。我开始尝试写故乡风土，可以说主要是受了此书的感召。《乌糯米饭》一篇里介绍的立夏乌米饭的做法，也完全是跟着高老太太这位前辈学的。虽然最初是“纸上得来”，“躬行”几次后，现在我已能把这项技能教给有兴趣的朋友了。当然，受益于《山居杂忆》处远不止此。

写《天竺香市》这一篇，起因是某次听妈妈说起外公。妈妈小时候，外公常带着她同去捕鱼。捕鱼这件事，对外公来说，是不得已向江河讨生活，另一方面，又终归是伤生害命之举，因此，每次外公都要先对河神祝祷一番。听到这里我心里一动，脑海中浮出那些如候鸟般、年年来天竺上香的外地香客身影——和外公一样，他们保留了一种从农业社会里继承而来的虔敬心态，以及由此形成的规整的仪礼，这两者在今人中都已经少见了。

另有一个晚上，跟家里人一起看电视，民生新闻里说到一个男人收集陨石，妈妈想起了她小时候的事："十来岁那时候，有一回和婉琴一道，跟着爹和叔叔，走路到城里去，去看一种杂技表演，叫皮船。天还没有亮，快到鸭滩了，忽然，天边哗哗哗哗……划过很亮的亮光，落得飞快，豁亮豁亮。叔上过学堂的，懂得，就说：'喏，星星落下来了。'"伴着"星星落下来"的土话解说，在幽静地面上仰望天幕的，是最普通不过的农民与农民的女儿；不知怎的，这一幕却久久使我感动。日本的民俗学者柳田国男说，"史书虽然尽有，平民的事迹却不曾写着"。在我国，平民的事迹虽也偶见于文字，但我也觉得还远远不够。写家乡风土，除了补充"地方知识"，便是想把存在过和存在着的、普通人生活里恒常的一面，记录一二。同时，也向上述两位浙江母亲表示感谢。

水里的东西

知堂有一篇《水里的东西》，依着绍兴话，把“河水鬼”拼作Ghosychiu。对河水鬼，我们家族的人有复杂的感情，为着我三叔的儿子，我最大的堂弟，即是晨起独自到塘里洗脸，脚下踏的石板松动而落水，不到十二岁死的。

那时我在邻镇读小学，并没有被大人送回去参加葬礼。只是从过来报信的大叔叔嘴里，听到这样的说法：大约十几年前，村里某户的女儿，也在这塘里溺水身亡；而堂弟出事的日子，算来正是她要投胎的时间——比如，这女孩活了十六岁，则十六年后只要找着了“替死鬼”，便可以再世为人了。大叔叔带来的说法，使我透彻地领会到了“讨替代”究竟是怎么一回事。虽然，关于事故的因由还有纷纭的说辞，那时的我牢牢记住的只是这一种。唯其如此，一个亲人才不是永久无声息地不复存在了——起码他还可能有一个别的世界继续活动，并且，依照这种规则，或许有一天还能重回人间。那时起有好些

江水。

年，每当我想起堂弟，总不免连带想到“讨替代”的问题。现在二十年过去了，水塘是未曾再起波澜。

多生事端的水塘，其后几年间，因着生活垃圾的侵袭，水质也渐渐受损。尽管如此，到了暑天，一村的男女老少依旧戏水其中。我家是少数不在水塘里洗浴的人家。暑假的傍晚，妈妈留在屋里烧饭，我们姐弟三人，总是由爸爸带着，到村边的江里去洗。这习惯早在堂弟事故以前已经形成——试想：江里游水的快意，岂是一口水塘可以相比的呢？因此我们与水塘打过的交道并不算多。十几年前回老家，见到水塘已转为珍珠蚌的领地，颇清澈。围着水岸筑起大大小小房子，其中也包括三叔家的新屋。三叔新屋临水的一边，正是当年长子落水的所在。我到三叔家厅堂里偶尔坐坐，面对着伤怀之地，心里横亘着些说不出口的话，真有前世今生之感。

与水塘有关的趣事，印象中有两件。村里曾经有台抽水机，架在水塘边用水泥糊起来的小坝头上。一发动，就把水从塘里抽起来，通过水管，引到近处的田里。那田里种过当时颇令我称奇的荸荠，长着尖细的墨绿色的叶管。夏天我们喜欢在小坝头贮水的小池边游戏，把脚伸到湍急的水流中冲洗。我爷爷和别的老头子牵牛回来，也在此地给牛饮水。所有出工完毕的铁锹锄头之类，也要过来接受“洗礼”。说来好笑，后来学到“沧浪之水清兮，可以濯吾缨；沧浪之水浊兮，可以濯吾足”时，我就会在脑海中把这个情形对应起来，觉得那小池里奔涌的水，便是很形象的“沧浪之水”了。

水塘分出“支流”一条，流经我家在村口的新屋。这是不起眼的路边的小溪流，暴雨过后涨起“潮”来，也未及一米深度，因此是我和弟弟一个安全的游乐场。天未寒时，一人抓着网兜，拦在通往水塘的关口，一人从溪流的另一头下了水，哗哗地驱赶，这样分工合作，来截获鱼虾，是几乎不费什么力气的工作。夏秋的午后，因为害怕时间在莫知莫觉的睡眠当中，空空地流逝过去，我是不肯午睡的。这时段做的最多的事，便是到溪边无所用心地流连。溪的另一边生着矮树，有阳面的树枝倾斜过来，在我这一边触手可及。这样就方便我摘下新鲜的木叶子来，试吹口哨看看，或在叶背刻出几个字来自我欣赏。也可以随心揪几片俗称为“豆腐皮”的杠板归的三角叶片，嚼吃一番，体会一股子酸意，并发现叶背原来竟还带了些小刺；也像情人一样，痴痴凝望它色彩变幻的小圆果实，只觉那蓝色的果粒特别漂亮，带着不均匀的瓜弧。另有一种同是藤蔓的蛇葡萄果，表面密布麻点，不及豆腐皮的果光亮好看。这一方小世界，安放在午后的静默里，周遭鸟虫鸡犬之声，与偶尔经过的村人，一律不会打扰到它混沌未凿的宁静。

近晚，地面燥热之气退去大半，当院里种着的紫茉莉的香气若隐若现之时，爸爸会走到门口喊我们："准备好东西去洗澡吧。"名为洗澡，实际上便是到村边的江水里去游泳了。我们收拾换洗衣服，带了澡巾和肥皂，穿过村子，沿着土坡小道，走上专为阻拦大水而建的、望不到前后的堤埂。到得埂上，遥望是水天一色，河流乡土，俱在更远处绵延的山峦的怀抱中。堤埂近江的斜坡上，漫漫的芦竹林蜿蜒无尽。芦竹青叶衬着狐狸尾巴一般的穗子。江边一带的土地分割俨然，遍植着桑树与油菜，从埂上看得到西北角我家的桑林，那儿便是春蚕期间，我和姐姐不情愿地同去采桑之地。下了坡，顺着弯曲的土路穿过菜田，尽头是一块水泥浇筑的平地，而眼前伸展着清澈阔大的浦阳江的支流。我们游水的地方在高处，是由一道高高筑起的坝闸分割开的单独一块水域，此处不像下方的江流，没有人来捕鱼、挖沙。这便是我们独享的天然的泳池了。在水里，我们游得忽远忽近，当然也扎猛子——土话是叫"钻水卜登"。一个水卜登钻下去，过几秒钟，从稍远的别地方，扑地钻出来，那时候我们如同爱好潜水的小鸊鷉一般玩着这种把戏。在清凉的水里嬉戏，总要玩到十指发白、指腹个个起皱为止。唯一不敢的，是游到近树林的一带去——那一溜儿乃是水蛇聚集之地。不过水蛇却不像我们这般故步自封。时而我们游着游着，无意一瞥，一两米开外便有小蛇翘着脑袋，扭动的小身子漾出脉脉的波纹，优哉游哉地，与我们同游一江水。

有蛇的不止是江水了。盛夏偶尔帮手割稻，也常听到隔壁田里忽起喧哗，水田里的蛇，打死了甩将出来，陈尸在细田埂上。一回独自走在河渠边，暮色四合，闻听水面哗哗有声，转过头去看时，只见黑褐的蛇只不计其数，以游动之姿铺满河渠，前后相继，呈百舸争流状，水面如同漂移着蛇阵组成的一块玄色飞毯。这奇观震得我迈不开脚步。这支浩浩荡荡队伍要去干什么？是要开到哪里去？我的心中翻滚着这些个不可能有答案的疑问。漂移的蛇队并不会看上我一眼，恰如“泥上偶然留指爪，鸿飞那复计东西”。然而，我听到自己的心肝仍因惊恐，扑扑地跳动起来了。

相比于水塘、河渠，童年时代更使我眷恋的，还是绕村而流的江。堤埂上令人魂牵梦绕的春花姑且不去说它。也不必提靠村的堤岸上生着的高大的枫杨（我们叫“元宝树”）、枳椇（土话谓之“木勾榴树”）、苦楝树、排成队的水杉翠竹。

稻田、堤埂与远山。

多变的江水，造出孩童生活中无穷趣味。夏天发大水时，学校里放了假，我和同龄的玩伴一道，挽着高高的裤腿在晒谷场那一片“汪洋”中趟来趟去，指望捉住一两条自鱼塘里溢出来的大鱼，可惜不曾有过一次成功。连日暴雨，江水涨到几与堤岸齐平，把江边油菜与桑林淹没过顶，一丝痕迹也不会留下。那时，全村的小孩都跑到堤埂上去看热闹，发现眼前的世界陡然换了一种面貌了：土地江河，连成一片苍茫。凡有壮劳力的人家，都在堤埂上搭起四条毛竹做撑杆的鱼撑，这种捕鱼工具，形如夏日饭桌上的防蝇罩，不过放大十数倍，且罩底的出口要换到罩身的一面来。四条撑杆的交接处是用一条粗索绑住了的，绳索的一头，拉在人手中。拉绳者先是放松绳索，让空空的网罩浸入水中。静静地“请君入瓮”以后，几名壮汉便一并发力，呼着号子一节节拉起鱼撑。网渐渐出得水来，但见银光跃动，是无数的鱼兵虾将，在网底上泼剌剌弹跳不休。这时候，在旁观看的我们小孩，兴奋得简直要发起抖来了。待手持捞杆的几位将这一网的收成好一顿安置，拉绳者便再次放松绳索，让渔网重新入水。汹涌的潮水里，随波逐流的树枝，破衣烂布，瓶瓶罐罐，若隐若现的蛇虫，鼓着肚皮的死猪死羊……急急飘走，携去了令人目不交睫的神秘。树枝可以当柴烧，因此专有人持了长竹竿打捞，捞来的战利品，最后晾晒在退潮后的晒谷场上，夹杂着不知名目的乱七八糟的东西。

当浑浊的江水终于回复往日的清晏，跟着妈妈和姐姐，我也会到江里去摸栖身在水草河沙里的螺蛳与黄蚬。无奈身量不够，需极力仰着头，蹲低了，叫水淹到脖子最上方，而后右手够到水底沙土里去。水压作用下，这种姿势令人呼吸受阻，十分的憋闷。一回憋得太久，我心里忽然生出了大恐惧，感觉下一刻就要有器官破裂，闷头栽倒而死。这是自己意识中头一次确切地将水与死亡相联系。其实傍晚在上游洗浴时，倒常常练习水下憋气作为游戏，比如两人配合来跳水中的“山羊”。也因早年在江中心游惯了水，玩惯了譬如随波漂流等等的花头，变得不很在乎手脚抽筋一类的意外：哪怕手脚不动，要回岸来又是什么难事呢。所以知堂说“往往有乡人游泳，忽然沉了下去，这些人都是像蛤蟆一样地‘识水’的，论理决不会失足，所以这显然是河水鬼的勾当，只有外道才相信是由于什么脚筋拘挛或心脏麻痹之故”，这我是能够理解的。

2009年9月20日

紫云英、看麦娘

紫云英，浙东俗名“草籽（草紫）”；村人久已知道用它来做田地的肥料，或是猪牛的饲料。于我，则还有些不同的记忆。

有句谚语叫：“有稻无稻，清明看草（籽）。”秋收以后，农家在稻田里遍撒紫云英的种子，以便来年清明时将鲜草翻压入田，成为绿肥。也正是在清明时节，这种小草开花了，现出其童话般的美丽来：从成片的羽状绿叶中，抽出亭亭的一支支、由十来个蝴蝶状小花并成一圈的紫红花球。如此几亩、几十亩连绵起来，是过去江南乡间代表性的春天景象。很可以理解，面对着这样一片花田，人们赏玩的成分，也许还比占卜收成的意味更多一些了。记忆里，我曾在静寂的晚春的早晨，不知因为什么原因，单独一个人，走到了村口的水稻田边。青空底下，平阔的紫云英的花毯，绵延到与天相接处，在我小小的心里引起大震动——这大约是意识里对于家园之美第一次的觉醒。老家的草籽花田，在十几二十年后还曾入过我的梦。

紫云英。

草籽的茎叶做饲料，割下来后可以腌起来久存。所谓腌制，不过是码在饲料栏里用脚密密踏实了而已。存放期间，草叶腐烂，周围弥漫着一股浓郁的酸臭味。早先我家有一沙石砌成的露天饲料栏，成堆的草籽烂在其中，没等走近，鼻子先已大受刺激。有一个问题我觉得奇怪，烂掉的草籽，猪为什么不嫌弃？妈妈听了看我一眼——意思是我又问了没有常识的蠢问题——回答说“猪有什么办法呢……？做猪还能怎么样呢。你没看见吗，它们东拱拱西拱拱，并不甘心吃，到饿急了才不得不吃了。”“哦……”相比于猪，牛吃草籽的待遇高级些，我爷爷常把新鲜草籽搀在稻草里，用铡刀一同切碎了去喂。不过，牛吃草籽有一种危险：倘若吃得太多是会腹胀而死的。

人吃不吃草籽？有据可查的，周作人在《故乡的野菜》里说过草籽的做法与味道：“采取嫩茎瀹食，味颇鲜美，似豌豆苗。”记得同省有一个地方，清明时以嫩草籽和米粉做饼，上锅蒸熟，称为“草籽糕”。不过，在我小时候，却曾受到过大人的告诫，叫小孩们千万不可吃草籽，吃过以后人要变笨——现在想来，是因为草籽作了猪饲料，为人轻贱的关系吧。在村里，类似的说法颇有一些，比如，吃了“喜蛋”（孵化中的带有小鸡雏的蛋），人也会渐渐变蠢；看到杀鸡时鸡流的血，读书必要退步的；吃饭时手要端碗，假如手不端碗，或者虽然端着碗，却不在桌上吃，而是走走停停逛着吃，是“讨饭佬”才有的吃法。此类口耳相传、针对少儿而立的禁忌规范，我在童年时期是深信不疑的，一直兢兢业业地遵守着。倘若经过喜蛋，看都不会去看一眼；杀鸡时，妈妈叫我抓住鸡翅膀，她腾出手来用剪刀剪破鸡脖子，那时候我便转过头去，保险起见，有时还闭上眼睛。

我们在老屋住着，隔壁是三叔叔家。有一天，三婶婶招呼我去吃点心。跟她来到锅灶前，锅底绿绿的小菜泛着油光，是什么新鲜东西？看起来很好吃。三婶婶盛了一高脚碗给我。我便高兴地吃完了。只是点心的用料很快有了答案，立时叫我转喜为悲：“明明知道草籽会……怎么还要骗我吃？！”想到自己此时的智力，大约已发生了不可逆的转变，我的心里充塞着悔恨和悲哀的阴云。作为小辈的我，不敢去把这质问说出口，只独自久久地不能释怀。

后来知道，长辈们多是吃过草籽的。父母在自然灾害时期，吃它尤其多，彻底吃到厌了，故而家里没有用草籽做过菜，我的童年里也就不会留下“味颇鲜美，似豌豆苗”的口腹

上图：紫云英丛中的看麦娘。下图：紫云英花毯。

记忆了。

春天的草籽田里，杂生其间的必有看麦娘这种小草——老家唤作“灯芯草”，其花穗形状与灯芯颇为相似。草籽开花时，灯芯草也抽了花穗，不过毫不起眼，不会抢去草籽花的风头。灯芯草是农人不待见的田间“恶性”野草，换句话说，生命力顽强，不容易彻底除尽。

这样一种杂草似乎不值得一说。不过，我做小孩时很有点喜欢它。孩子的爱物，多出于感官的本能，常见的是因某事物的好吃、好看、好玩，而对之产生好感，比如夏天的发大水，于养鱼人是蒙受损失的时刻，我们却因有许多热闹可看、许多平日没有的可玩，而对大水抱有不一般的热情。灯芯草呢，也是“好玩”的一类：把它中间抽了花穗的那条芯拔掉，对着已成空管的草管子吹，能吹“哔——”一声尖尖的音调出来。儿时无聊，常常拔它作哨子来玩。那音调十分单一，但这个不知谁教给的游戏却始终引起我的兴趣，甚至我想象着，到垂垂老矣时，再看见田埂边摇曳的灯芯草，自己也依旧是会拔一支来吹着玩玩的。说到“乐器”，还有一种细竹管做的鸟哨，首节上斜切一个口子，余下的管道里装有铅丝做的拉杆，从口子里灌进水后，拉动铅丝杆的同时，嘴对着哨口吹气，就可造出几可乱真的婉转的鸟鸣。现在西湖边尚见到这种小玩意，叫小贩成捆地储在袋里，手上捏一根吹来示范，一二元一支地售卖着，不过换作了红色绿色的塑料管子，不复竹管的自然趣味了。

《西游记》里有个野菜宴提到“看麦娘”，是第八十六回，被悟空从隐雾山折岳连环洞里救出的樵夫，设宴款待唐僧师徒时，所做的野菜之一种。评语说：“看麦娘，娇且佳。”这让我十分不解，因为印象中既无灯芯草作野菜的见闻，这种禾本科的小草也不大像是口味佳的样子——那么此处究竟是否说的是我们的灯芯草呢？到现在我还存着疑。

附：《西游记》里的野菜宴

但见那：嫩焯黄花菜，酸虀白鼓丁。浮蔷马齿苋，江荠雁肠英。燕子不来香且嫩，芽儿拳小脆还青。烂煮马蓝头，白熝狗脚迹。猫耳朵，野落荜，灰条熟烂能中吃；剪刀股，牛塘利，倒灌窝螺操帚荠。碎米荠，莴菜荠，几品青香又滑腻。油炒乌英花，菱科甚可夸；蒲根菜并茭儿菜，四般近水实清华。

看麦娘，娇且佳；破破纳，不穿他，苦麻台下藩篱架。雀儿绵单，猢狲脚迹，油灼灼煎来只好吃。斜蒿青蒿抱娘蒿，灯娥儿飞上板荞荞。羊耳秃，枸杞头，加上乌蓝不用油。几般野菜一餐饭，樵子虔心为谢酬。

2005年4月5日

青与清明果

华东的早春，柳芽未绽、乍暖还寒时候，走到山里，或是菜地边上去，低头四顾，除了繁缕、阿拉伯婆婆纳一类早早露脸的小草花，在旧年凋败的灰枯草茎之上，可看到五月艾新发的植株，青中泛白的叶色，细碎叶形，十分秀气。同一时候，展开了毛茸茸匙形叶瓣的鼠麹草，一簇簇仿佛贴地而生的银青色花。五月艾、鼠麹草，是江南地区做清明果子常要用到的草。取它们清明前的梢头，来给果子染色、添香，也有助于丰富口感。这两种草，在浙江多地的方言里称作“青”。吴语里的“青”，单字做一个名词，为制作清明果的植物材料的专称，可与其他名词搭配，组成新名词，表示具体的种别，如蓬青、花青、棉青、石灰青之类。青的种类多寡与确切的指向，各地还有所不同。“青”作为应节的草类，倘若换用“清明草”的称谓来指代，也很说得过去，不过前者是更为约定俗成的叫法了。

浙地的四时风物的关注者，乡野经历丰富者，或是自然的爱好者们，对于青这类草，是会抱有区别于一般野草的特别的感情吧。正犹如热爱星宿的人，可以不费力气从浩瀚星空中定位出星座来，那些喜欢青的人，也拥有从草地上迅速发现它们身影的能力。2月春寒里，到外面去走动走动，便有这么一些人会不由自主地低头逡巡。目光到处，呵，果然有几片青新发了出来，叶色莹莹——这时，不免要生出几分故旧重逢的欣喜。这熟悉的草类，小小的身姿自成一种无声而有形的言语，给“熟人”们捎带来一年之初亲切的春信。如繁缕、阿拉伯婆婆纳一类的小草花，固然也占得了先机，提示着时令，却是不如青更能引人入胜：因为看到了青，必会想到用它所做的清明果，想到采青时的游嬉与春光。这二者，又往往是与母亲的手艺及儿时春天的乐趣所紧密关联的。因此一种想望春深的心情，一时间也如春草一般，迎着春风而长了。

异乡度日的游子是更能体会青与清明果之于故乡，之于春天是何含义的。这一方面，我自己就有可供用来作例子的经历。不过，在没有离开浙江时，这样的问题似乎未曾出现在我的脑海里。大概因为人在本地之时，一贯是拥有而不曾失去过，对这些草和用它们做的果子，虽则也会感到亲切，却是难以生出特别的恋恋来的。唯有北上读书的几年，脱离开了常态环境，该看到青时，看不到了，想吃一口果子，也成为空想了——这时候，才体会到一种不好消受的断裂和落差的滋味。那几年临近节日时，老家的山野的呼唤，夸张些说，恰如圆月夜的潮水一般，在内心击打澎湃着——对于我这样的东南农村出生的人，节气与节日，首先引发的是乡野的回忆，而尤以清明、立夏、端午、中秋为甚，它们各有其对应的草木与饮食：青、清明果之于清明，乌饭树叶、乌糯米饭之于立夏，箬竹叶、艾草菖蒲、粽子之于端午，桂花、桂花糯米藕之于中秋。这些草叶木花，初初看，是为着染色、制糕、闻香；实则在抽象的层面上，称得上是相应习俗仪式中灵魂性的部分。这些代表着本地时序节令的草与叶与花（果蔬同理），在异乡生活中的缺位，打破了人身上那些由乡俗造就的惯习，带来了不适感，牵连出种种情思。这些故乡的季节之草（花），此时也便化身为故乡的象征了。

故而对于从小认识了青的人来说，“故乡春天之草”这一个地位，于它是很相宜的。当被问到了“春天令你想起什么”这样的问题时，脑壳里首先跳出来“青”与“清明果”两个词，也是毫不奇怪的。视平凡无奇的野草为春天的象征，这与

五月艾。

一般化的审美经验，看似大有不同，实际也并不相互冲突。多数的人，假如没有辨花识草的兴趣，关于春的消息，便不大会通过具体而微的一两种草叶来获得，而总是从宏大醒目处——由草的群体、无数的新芽组成的连绵的绿意，大面积的花田，繁艳的花树——来得到提示的。这也是由视觉的本能和审美的惯性所决定的人之常情吧。

在日本汉学家青木正儿所写的《江南春》中，我看到很有意思的游客印象，可资例证；觉得“有意思”，是因为这些印象也颇合于江南人自身对于春天概而要之的体会：“西湖的柳树很有名，绕堤翠柳，如烟似雾。……如果说有所谓春天的气息，恐怕就是从柳树和桃树枝条升起的。”“翌日早晨再次来到那里（苏州的小丘）……平坦处有麦田、油菜田和紫云英像一幅镶嵌的图案。”同样受过汉学熏陶的小川环树，写下题为《中国的春与秋》的回忆文章，提及“春意正浓”的南京城时，注目处也相类似：“雇了马车出得中山门，孙文墓附近的明太祖陵的红梅和樱花开得恰是茂盛。由北极阁的山上眺望玄武湖的柳树也很美，不过待访问过中央大学和金陵大学，再出城西门，到了莫愁湖，就更被湖畔柳树嫩芽的光泽彻底征服。”“在苏州时，站在北寺塔顶俯瞰城中，家家户户盛开的玉兰花的颜色，深深地印刻在心底。”南下杭州，则“西湖十景之一，被称作三潭印月的湖中小岛上，月下老人祠周围的碧桃，那些花瓣儿的样子历历如在目前”。

纵观印在东瀛来客心底的江南城乡春之符号：柳芽，桃花，玉兰，油菜田，紫云英的花毯……与我们自家所能遍数的春之象征，可谓是别无二致。而其中格外得到注目的桃与柳，更是中国人无分南北，很少会不知道的物种。即便现实生活里不常与它们亲近，一旦谈到了春天，“桃红柳绿”这一个现成词，也总要方便地拿出来用用。这样的情形已不知流传了多少世代了。不过，使春天显得更有意味的，是在“桃”与“柳”这样“显著”与“普世”的词汇以外，向来也有平行的空间，留给“青”与“清明果”这样“微细”与“地方化”的词汇去构造（正如东瀛来客回想其本国春景时，除了举世皆知的樱花，也会有他们自己珍重的、小小的“春之七草”的身影吧）。故而一个江南人倘把后者作为春天第一代名词呈上，并不表示他不曾为杨柳桃花流连过，而更多不过是风俗薰习导致的位序差异罢了。倘若前面的提问者加以追问，“春天还令你想到什么”，答话之人，恐怕就不免要祭出万古不易的“桃红柳绿”来了。

日前我看《宗方姐妹》这部片子，头一幕静静矗立的东寺五重塔，其后在片中又数次出现过。瓦脊线上卓然独立的塔，京都的象征，如此优美无声的建筑，自1644年德川家光重建以来，伴随代代日人的生活，一直静立到如今。凝视这座塔，我想起了我们的清明草，感觉到草与建筑享有微妙的共通之处。青这一类普通野草，从茫茫春草中区别出来，获得名称，岁岁相传——所谓风俗的养成，便包含在这一过程之中。当青进入到江南春天的仪式当中：采青，制作清明果，以祭祀先人，供养神明——这些草，便很难再被看作全然的“无情”之物了。虽然，以现时的情形来看，旧日的祭祀之道正日渐走向没落，清明果的祭品角色，也随之日益淡化下去；但与青相关的仪式生活，却还为江南的人们，尤其是为江南乡村的儿童，保留着如周作人所说的，“我们于日用必需的东西以外”，必须还有的那一点“游戏与享乐”：采青是好玩的，清明果是好吃的。周作人在提到这看似无用，实则是生活上必要的“游戏与享乐”那一篇文章（《北京的茶食》）里，末了还抱怨“在北京彷徨了十年，终未曾吃到好点心”。然而，作于同年同月的《故乡的野菜》，回忆他在绍兴度过的儿时春天，所见的荠荠菜，所吃的黄花麦果糕与紫云英，所玩的紫云英的花球……却有难得的柔情弥漫其间。这是怎样的呼应和对比啊！我想即便北京真有好点心，在作者心目中也难以与黄花麦果糕相匹敌，因为北京的点心没有沾染一些些作者儿时的“游戏与享乐”的影子。与青相关的种种“游戏与享乐”，即以这个近便的例子——周作人孩童时期起算，也已在浙人的生活中延续百多年了，何况周二先生又是沿袭的他先辈的惯例呢。每念及此，我感到生活在这变化极速的时代里，终归还有着历久不变的物与事，使后来的我辈得以与先人的生命建立起连接来；也使代代的同乡人超越了时空的限制，得以寄托共通的光阴与回忆，留下存在的痕迹。为着这个缘故，促成其事的柔弱的草类，也足以在人心里化身成为建筑般坚实的、一个久存而可留恋的对象了。甚而在某种意义上，堪称是俯视人世变迁的一个更高的维度了。

青的分类

出于兴趣，从十年以前我渐留意用来制作清明果的草类，试图探究它们确切的学名，了解应用中的异同，可惜的是，至今未窥全貌。省内也仍还有许多地方未曾走到。不过，随着年岁增长，一种时间上的紧迫感，使我觉得即便做个不全面的记录，也是有其必要的。因此就把我关于青的收获与挫折记在下面。

年年临近清明采青，恰好是野菜蓬勃之时。除了青以外，这时节比较典型的野味，如胡葱、水芹菜、马兰头、鸭儿芹、土人参、羊蹄、蔊菜、繁缕、香椿、枸杞头……或是贴地成片，或是水生，或从树枝上面发出来，熟悉的人很容易看得到。野生荠菜的时节要早上许多，正月前后，甚至已经过去的晴暖的冬日，地里都已有人俯身动着刀剪了。到了清明边，荠菜碎碎的小白花在草地上铺张开来，从食用角度说，已是过老了。而马兰却正当其时。我小时候的采青（早米青）和剪马兰头分不开。这两类草都喜阴，往往长在同一片区域里。我们给青和马兰头各备着篮，看到哪种剪哪种，是所谓“一搭两便”的事。现在我住杭州，每年玉兰花开以后，草地上埋着身子挑青、挑马兰头的人，渐渐多见，好像是春草一样“春风吹又生”的风气。如果有一年没有见到，那才是咄咄怪事呢。没有亲自去挑野菜的人，来到菜市或地摊上，便能看到农妇于马兰头、水芹菜之外，也开始捎带着一两种青在卖了，与立夏之乌饭树叶、端午之艾草菖蒲同等。年年如是的这两种画面，是浙江人生活的典型趣味。

所有春天的野菜中，我最早认识的自然还是青。最开始，我从母亲那里知道了“青”。“早米青”与“狗脚青”两种，在老家最为常见，也是老家做清明果最常采用的。这两种青，自有记忆起便在接触，因此可以说是旧识了。此外的三种：糯米青、竹叶青、田青，却是长大以后某年家里做果时，我向父母特意打探得来的“新知”。照当时天真的想法，我以为省内其他地方大概都跟家里一样，管做清明果的野草叫作“青”；留意得多了，才发现“青”的叫法虽然普遍，却也并非浙江全境皆然；那些称“青”的地方，青的种类与名称也往往各有不同。比如我们的早米青，在其他地方可能叫作“蓬青”或“艾青”。我们的糯米青，换了地方又叫作“大麦青”。我们的狗脚青，有称为“绵青”的。我们的田青，有称为“石灰青”的。也有不用这种种青，而用南瓜、丝瓜、野芝麻、苎麻、豌豆、小麦草、芦蒿等的嫩叶取汁来做果。这些材料虽然也可用，甚至也许有地方就管这材料叫青，但它们似乎并不算在主流的青的概念范围内。

青的概念中，处在核心地位的，大约要数开头所提及的五月艾与鼠麹草。这两种青的使用极广泛，因此之故，在关于青的泛泛而谈里，假如没有其他线索提示，以五月艾或鼠麴草二者之一代入，大致便不会错。浙地农家的孩子，多有关于这两种草的切身体验，因为采青时把玩五月艾与鼠麴草的叶片，从五月艾叶子上沾染艾蒿特有的香气，掐鼠麴草的茎叶，看断裂处连带出来一截整齐的棉毛须须（鼠麴草因此得别名“棉线头草”），几乎是孩子出于天性必玩的项目。五月艾（*Artemisia indica*），在分类学上归于菊科蒿属，叶形如尖细版的菊花叶，叶背薄敷白绒毛，叶片具有鲜明的蒿类植物的清香气——即一般所说的“艾香”。早春探出地面的小株，到清明时已出拔成直立枝条，尺把高，成簇地在春风里摇曳着的身影很是悦人眼目。此时五月艾茎叶极鲜嫩，双指一掐即断，艾蒿香味随即扩散开来，采青的一双手，也染得了浓浓艾蒿味。这便是我老家的“旱米青”了，又常被称作“蓬”“花青”或者“细叶艾”。鼠麴草（*Gnaphalium affine*）即是我老家的“狗脚青”，“佛耳草”“黄花艾”的叫法也常见。温州等地称为“棉（绵）菜”“清明菜”，后一个名字足见其作为清明之草的地位。范寅先生的《越谚》里，鼠麴草记作“黄花”，注释曰：“暮春遍畈，细花棉叶无梗，贴地而生，采春麦馃。”这麦馃便是《故乡的野菜》里“黄花麦果”。鼠麴草亦是菊科植

上图：五月艾。下图：鼠麴草。

物，以蒙着厚厚白丝的茎叶为其特征，初生时，叶瓣摸起来绵绵的，有一点厚度。清明时叶片变作匙形的薄软长条。枝顶开出嫩黄小花，米粒般攒成一簇。青白茎叶与星星点点的黄花，色调温柔得有如水彩绘成，在碧草丛中别具一格。采摘时，挑的是幼嫩枝条，因花开得太旺的鼠麹草已经过老了。待摘满一篮，那成果不仅令人喜悦，也极为养眼，可以说是比其他种类的青都要好看。年初我在川濑敏郎《一日一花》这本书里见到5月13日的瓶花作品，鼠麹草从细颈的罗马玻璃瓶里伸出花枝，茎秆弯成弦月似的弧度，仍可以想见它在地上时的姿态。以日本春天入馔的七草之一鼠麹草为主题的这幅作品，题语“慈母般的温柔”——不知是否因为作者想起了用鼠麹草做“草饼”的景象呢？总之我看到它是有些激动的。

田青、糯米青、竹叶青究竟是什么，欠缺田野经验的我，为这问题委实困惑了多年。直到七八年前的清明，一家人回乡时又去山脚采青，母亲指点地上一蓬绿草，称它为田青，我才知道原来菊科的泥胡菜也是可以做清明果的。田青即泥胡菜（*Hemistepta lyrata*），样子较张扬，锐角形状、带锯齿的叶铺地而散。由一个中心点发散出来的诸多叶柄，视觉上呈现出规整和对称的几何感。泥胡菜的叶，正面鲜绿无毛，

泥胡菜。

背面灰白而带绒毛，因此民间又衍生出“天青地白草”这样的称呼——有意思的是，这一别名同时也被赋予了五月艾和鼠麴草。暮春时常见到泥胡菜的花，从茎枝顶端开出来。迎风摇曳的紫红色小花，与小蓟的花颇为相似，因此常被分类学的爱好者拿来与小蓟之花进行对比解说。从“小蓟的对照植物”这一路径认识了泥胡菜的我，真是从未想到过原来它就是土话里的“田青”啊！

又过了几年，2012年的清明日我看到了糯米青。这是一种与早米青亲缘接近的蒿属植物，手拈一拈，不例外地也便沾染上了气味，糯米青叶的气味比早米青柔和一些。清明时的糯米青只有从微带着紫红色的叶柄上摊开的叶，还未曾抽出茎秆。嫩叶表面青白色，叶背绒毛密集，看去一片白。糯米青的基生叶较早米青来得圆阔，掌状深裂，叶子的裂片，不似早米青那般尖细，而近于圆形或椭圆，边缘生锯齿。经四方请教，这一种青，应该便是菊科蒿属的野艾蒿（*Artemisia lavandulaefolia*）了。皖西南径直叫它为蒿子。等再长大一些，抽出茎秆，茎上的羽裂叶便很难与早米青（五月艾）分辨了。野艾蒿的食用属性，《中国植物志》里有记载云：“嫩苗作菜蔬或腌制酱菜食用。”这一点与五月艾完全相同。

我问妈妈，“竹叶青是什么样子？”只得到一个要点：它的叶形与竹叶相近。一年又一年过去，从未看到过实物的我，不得已，只好竭尽所能，四处搜索清明果的染色植物来加以猜测。一次我查到皖西南用来做清明“蒿子粑粑”的野草，一种叫作水菊（水萩），一种叫作毛香。二者皆是闻所未闻的名字。我心头一喜，继续查到原来其中的“水菊”正是鼠麹草，而其中的“毛香”则为菊科香青属的香青（*Anaphalis sinica*）。《中国植物志》对于香青属有一段话，说“香青属大部分的种全株被厚密的棉毛，可供引火用，常被误认为‘火艾’；少数种有芳香，可作为薰香料或芳香剂的原料，常被误称为‘零陵香’、‘香薷棉’。少数种是民间草药，嫩茎有时也供食用。此属在近人的一些著作中，常被称为‘籁萧’、‘萩’、‘铜钱花’、‘清明菜’、‘通肠香’、‘狐狸毛’等等，其中大都是误用的”。我想，这“嫩茎有时也供食用”的少数种类里，香青本种是必占其一的了。香青的叶子颇近于竹叶形状，因此我一看之下，不禁大喜过望，觉得这必然是家乡的“竹叶青”无疑了！然而事实却又出乎意料。当我把搜集的图片拿去给妈妈过目，却被告知这种也是狗脚青，只不过长在山上，少见一些罢了。把香青与鼠麹草归为一类，这却又与皖

上图：野艾蒿。下图：艾草。

西南把“水萩（水菊）”与“毛香”混作一种的情形如出一辙。

因此知道原来狗脚青分两种：鼠麹草在田埂、水边或山间都生长；香青则只从山林的落叶丛中探出头来，是山上的“狗脚青”。鼠麹草与香青，这二种俱为菊科野草，在分类学上的亲缘接近，反映在外形上，也较为相似，不过香青开白花而鼠麹草顶花是黄色的。至于竹叶青，任凭我一再追问，妈妈也只是笑笑说，“现在很少见到”，“模样形容不出来，等我下回摘到再给你看”。其后的一天，妈忽然买了茼蒿菜来给我看，说茼蒿的样子跟竹叶青极像——我茫茫然，想不出春天有哪一种野草可以与之匹配。唯有等机缘巧合时再去破解竹叶青之谜了。

说到青，有一种流传甚广的说法需要纠正，即把青，或某一种青，等同于艾草（常见的说法如：清明果或青团是用艾草的嫩叶/嫩梢来做的）。实际上，青与艾草是完全不同的两个概念。一来，作为一种统称，青包含不止一个种类的草，尤为重要的是，这些种类中不包含艾（*Artemisia argyi*），虽然青中的五月艾、野艾蒿，与艾同是菊科蒿属的植物。二来，虽然民间俗称不等同于严谨单一的学名，像是不同物种使用同一俗名，或是不同俗名指向同一物种，这样的情况，所在多有，但是对于艾草这一个个案，情况则是：作为端午民俗中的重要象征物，艾草为更广大的人群所知；当清明果的染色用料被指向艾草嫩叶之时，在不明就里的一般受众脑海中，唤起的对应物正是端午所用的、与菖蒲并提的那种“大叶艾”。而清明果的实际用草，却绝非这种草，也无法以这种草替换。这是因为两者的食用属性截然不同：菊科蒿属的几种青，如五月艾、野艾蒿，适于作为野菜入口；艾则不具备这种属性，相反，倘若贸然食用，则有咽喉和肠胃道不适的风险。这一点，是对清明果制作感兴趣的人们首先需要加以留意的。

青团，青果

清明时的米粉果，以浙江全境来看，可以说是名目繁多。根据颜色，果分青、白二类。白果是米粉原色果，略去了染色步骤，自然无须青的参与。青果白果的主流以外，也有红黄紫色果作为少数派存在。从形状看，清明果圆团有之，饺状有之，茧状有之，三角有之，菱形有之，笠帽状、荸荠状乃至动物造型亦有。圆团状果，通称为青团（清明团子，青团子）或清明饼，实心及甜馅皆有，甜馅常为豆沙、麻心、糖花生末三种。饺子状是狭义的清明馃所指，有半月形的木梳果，亦称“大梳包”，是“如发梳而花缘者”（《诸暨物产志》）。另一种即是常见的饺子模样，不过纯用晚米粉来做，口味自与麦粉饺子不同。染作青色的清明饺称“黄花艾饺”“艾青饺”“清明馃”或是“青果”，惯用咸味馅，以春笋切丁，与小蒜、雪菜、豆干、腌肉丁等共翻炒。此馅味极鲜美，离家在外每每思之则口角生津。茧果状貌可爱，盛行于蚕乡。菱形果称“青麻糍”，扁平、无馅，即宁波老话“清明麻糍立夏团”里的清明麻糍，可滚松花粉食之。三角馃是浦江人的清明果，形似犁头，寄托了春耕农忙将始的寓意。绍兴地区的上虞、诸暨等地有“艾青笠帽”“凉帽果”，谓吃过以后四季不怕日晒雨淋。这种笠帽状的清明果，我没有亲见过，不知是否也做成一种三角状，其上捏出三条棱背来。荸荠状的果，就称为“荸荠果”，或是“团圆果”，因这一种过年时做的为多。此外照功能来看，虽然清明果自用及赠送皆宜，但作为祭品的，一般是圆团状的果子（包括茧果）。

清明果的做法，依原料、形制的不同，繁简也有所不同。最典型的清明果莫过于青团了，由此也可一窥做果的门道，比

上图：茧果。下图：团圆果（荸荠果）。

如青的处理，米粉的配比，造型的步骤，火候的掌控，如此等等。青团倘用鼠麹草来做，步骤上较用五月艾简便，因为五月艾做果前，需要先进行去苦及存色处理。早先农村里的做法，五月艾的嫩梢采来挑净余水后，先用石灰水腌制一天一夜（甚而有腌上一个礼拜之久的），捞出漂洗、控干，置石臼中，以“丁”字形大木槌捶捣成草泥。而后和入已经配比的糯米粉、晚米粉，热水揉和。揉匀以后，上锅蒸熟粉饼，再出置石臼中捶打。如此造就的果子皮，口感格外筋道。如今简便的做法，洗净的青叶，与作为石灰替代品的碱或小苏打，一同投入沸水，煮开后原汁原水摊凉。何以要添加石灰、碱，或小苏打呢？口耳相传，使用这类添加物腌制有三个用处：一是有助于青叶保持绿色；二来可以加长青的存放时间——腌制过后的青叶，晒干存储，放到一年之冬再用，效用一如新鲜时。再者，是能够使五月艾的植株软化，做果时就容易揉进粉团里去，染出来的青色，也将更加均匀了。

这般处理之后，拈出待用的适量青叶，漂洗并尽力挤干水分（去其苦味），斩碎，入清水锅中煮烂，使之成清鲜碧绿的青草泥。待草的丝缕一捏即化，便可往里一边加米粉，一边搅拌调匀。米粉的配比，晚米粉与糯米粉可是二八开或

原料：五月艾和鼠麴草。

将原料洗净。

加碱焯水。

漂洗挤干后捣成青泥。

青泥再入锅融化。

锅中青泥拌入米粉。

掺入少量米粉和成青粉团。

和好的青粉团。

捣豆沙馅。

果子皮，包馅料。

滚雪团。

青粉团，捏青团。

三七开，如此则做成的果子不易坍塌，也不粘牙。不过这一比例并非绝对，可根据实际口感自行调整，不使晚米粉超过一半为宜，因晚米粉多了，团子太显僵硬，冷却后难以嚼动。倘全用糯米粉来做呢，也是可以，只不易做得那么“有型”且不粘牙。青叶泥与米粉经过调和，慢慢变黏，米粉也染作了清新的淡绿色。待黏度合适时出锅，再添少量粉，使劲揉成柔韧而有弹性的粉团。下一步要用到的馅料，是早就准备好了的：捣得细细的豆沙或糖芝麻。从面团里摘一个剂子，捏成碗状，往里填入甜馅，包起来，使之成团。倘有模子，也可把团子填入其中，压出特定的形状与花纹来。有更单纯的，不包馅料，搓一个实心团便罢了。上锅蒸之前，团子底下常铺剪段的粽叶（箬竹叶）来替代笼布。槲树叶修剪后亦是垫底的好材料，因槲树叶油性大，更无粘底之虞。萧山、诸暨、慈溪等地，惯用提前浸好的糯米粒来滚青团，如此一来，蒸熟后团子拿在手里，也不会粘手了。此种粘满了糯米粒的团子，有一好听的名字叫作“雪团”。雪团是纯用糯米粉来做的，滚在团子外圈的糯米粒，助其成型而不坍塌。

清明果蒸熟以后，呈碧青色，或略带暗黄，与抹茶粉所制果子不同。这种颜色便是青染成的。粉团里的青，是加得越多越好吗？实际加得过多的话，果子要发暗。加得少，则果子发白。两难之际，可以试验一个法子：摘取粉团中的小粒，放热水里烫它一烫，看它熟后颜色，便知该如何调整青的用量了。清明果不可久蒸，久蒸则果皮颜色也要变坏，果子也易坍塌，因此在火上一般不会超过二十分钟。揭盖之时，用蒲扇扇几道，表皮就变得紧绷，光亮了，可省去蒸前给生果子刷油的步骤——也是窍门一种。清明果不止蒸食，也有煎烤的手法。后一种与安徽的蒿子粑粑制法类似。煎烤过后的清明果因高温作用，成一种暗黄绿色。

我吃过的青团多数是早米青，即五月艾所做的。也有鼠麴草和五月艾混合来做。用五月艾做出来的果子，照前述的处理方式，最后蒸熟的果子皮上一丝一缕的草迹清晰可见，是五月艾草叶纤维较粗之故。草缕与着了色的米粉，颜色上深浅分明，有如暗沉的水草与寄身之水所形成的对比。这与料理机打出的草汁做成的果是迥然不同的。这仿佛一种橱窗展示，表示“整株的草都加进去了，实实在在的！”这种青团极具农家风味，香味也最为鲜明。狗脚青中的鼠麴草，叶子淡淡清香，不是艾蒿气；做出果子来颜色偏暗，香味较五月艾来说是不显的，但胜在口感韧结。鼠麴草叶子铺满密密的“棉

上图：模子。下图：用模子印好的清明果。

上图：青饺（清明馃）。下图：窝头状清明果。

丝”，大约便是这种特性导致了韧韧的口感吧。糯米青（野艾蒿）做的果子也具韧性，同时还兼有香味柔和、青色均匀两种优点，与狗脚青中的香青都属上好的清明果材料。田青（泥胡菜）在田间地头极常见，草叶大，采用简便，然而做出果来，相形之下却是色香味诸方面都落了下乘。最上等的做果材料，照我妈妈的说法是非竹叶青莫属了，染出来果皮色泽碧绿，口感也佳，想想也令人神往。可惜用竹叶青做出来的果子，我还没有尝到过。

农村里做清明果不啻是欢乐的节日仪式。一应的准备工序以后，屋子里用板凳搁起了一个大竹匾。一家的主母先把做果的材料堆放到匾中。而后长辈们团团围坐在匾的四周，说笑间，运用着熟练的手势，造出一只一只形貌规整的青团与青饺，依序摆放，渐渐把竹匾整个占满了。好齐整！又青青绿绿地使人爱看。一个孩子平日里再是矜持，此时也会在一旁兴奋地跑动嬉笑，为着想象中的美味即将化为现实，频频地咽起了口水。受着做果的气氛感染的孩子，总是忍不住自己也要参与到创作中来，捏出来三两个“四不像”，助长长辈的笑谈，而其自娱自乐的兴头丝毫不会受到影响。这也正是“游戏与享乐”的写照了。

芽麦塌饼

我吃过的清明果里最特别的一种，是家里并不做的芽麦塌饼。芽麦塌饼即甜麦塌饼。湖州师范学院的余连祥教授著有一本书，《乌程霜稻袭人香——湖州稻作文化研究》，其末章的《岁时习俗》一节，述及湖州农家寒食风俗，有这样一段："除了包粽子，还要做'甜麦塔饼'和清明圆子。'甜麦塔饼'是清明时特有的米粉饼，需用一种清明时刚成长的野草，叫青天白地，煮烂后揉进糯米粉里，同时揉进去的是麦芽粉，做成的团子像是青团子，再用手压扁，就成了塔饼。塔饼两面洒上芝麻，放在锅里用油煎，并洒一些糖水上去，煎干后出锅，吃起来了糯软焦香，肥润鲜甜。"

"甜麦塔饼"不独为湖州特有。就我所知，嘉兴桐乡、苏州吴江，这两地也把它视为本地特色饮食，引以为豪。丰子恺在他回忆故乡的《清明》一文里，两次提到了甜麦塌饼，丰子恺便是出生于桐乡石门的："茂生大伯挑了一担祭品走在前面，大家跟他走，一路上采桃花，偷新蚕豆，不亦乐乎。到了坟上，大家息足，茂生大伯到附近农家去，借一只桌子和两只条凳来，于是陈设祭品，依次跪拜。拜过之后，自由玩耍。有的吃甜麦塌饼，有的吃粽子，有的拔蚕豆梗来作笛子。……祭扫完毕，茂生大伯去还桌子凳子，照例送两个甜麦塌饼和一串粽子，作为酬谢。然后诸人一同在夕阳中回去。”桐乡人做的这种饼，以叫“甜麦塌饼”“芽麦塌饼”的为多（或称“芽麦团子”“甜麦团子”）。吴江人把“芽麦”倒过来，管叫“麦芽塌饼”。三个大同小异的主要称呼中，饼名的前半部分，表示了麦芽（粉）在饼的制作中不可或缺的地位。后半部分，相较于余教授用的“塔”字，“塌”这个字看起来更对路一些（“塌”与“塔”在吴方言中同音），因为符合了这种饼制作的手法、形状以及口感三个方面的特点。

《乌程》一书中提到的做甜麦塌饼的野草，“青天白地”，是什么呢？后来我看作者自己的博客，改称为“天青地白”，显然这两者是通用之名。根据作者附上的照片，“天青地白”便是前面写到了的泥胡菜，我老家的“田青”。湖州嘉兴地方，又多以“草头”的名字来称呼它。此“草头”非苏沪流行的野菜“草头”（苜蓿草），乃是做塌饼的植物材料的通称，不限于泥胡菜一种，鼠麹草也用。不过我还不曾听说过用蒿类植物来做芽麦塌饼，不知是否因为彼地少产之故。

芽麦塌饼卖相不好，味道好——我觉得比同为甜果子的

芽麦塌饼。

青团好吃。芽麦塌饼的好吃在于它有种特殊的清甜味，这是果中添加的麦芽粉的功劳。做果的前一周，先把麦芽培发起来，晒干，磨成粉，这样便备好了三种原料中关键的一种。把麦芽粉添加到揉好的米粉团中去时，因麦芽粉在高温下容易营养流失，需要先把米粉团揪散蒸熟，凉一凉，再一点点往熟粉团中掺入麦芽粉。揉合过程中，麦芽粉逐渐发酵，使得粉团越来越软，此时便需要留意控制麦芽粉的添加量，不使粉团坍塌无型。完成了这一至关重要的步骤，从粉团中揪下一个个小剂子，摁扁之后，两面扑上白芝麻，便可以放到菜油锅里去煎烤了。煎至两面微微焦黄时，洒些泡好的糖水上去，再小火烤至结壳，便可出锅了。成功的芽麦塌饼呈一种暗青黄色，软而不烂，放置一个礼拜不会坏。拈起一块，慢慢地尝，口齿间留下绵长的清香与清甜。真是让人念念不忘的点心啊。

茧圆

余连祥在《乌程霜稻袭人香——湖州稻作文化研究》一书里，还写到茧圆这种湖地点心。茧圆为蚕茧形的无馅的米粉团子，四时可做，做得比蚕茧大。可以米粉原色出之，或在米粉中掺入有色的作料（如南瓜糊、赤豆汁、食用胭脂水），形成黄、紫、红等色的圆子。而“最好吃的是青圆子。夏秋之交，剪来南瓜秧叶，洗净煮熟，用石灰呛在甏里，就呛成了‘草头’。将‘草头’揉进米粉，就做成了青翠的茧圆”。又接着道：“湖州有‘清明大于年’之说，过清明时的清明圆子就是茧圆。”

茧圆在浙江某些地方称茧果，或是蚕茧果。除了茧状，也有圆粒状。这种果子我家里不做，但我倒是吃过一次，是用自己家的青团、清明粿跟一个杭州朋友交换来的。朋友的萧山外婆家，过清明时会做茧果作供；跟湖州一样，材料为南瓜叶和米粉。交换来的茧果，我把它们出到碗里，只见一溜四五个丸状果子铺在一条粽叶上，靠着糯米的黏性固定位置。青的、白的各有一溜，白果子面上，还点了一点胭脂。相比于青团，这真是一种迷你的存在了。虽是无馅的，因为分量小，尝的时候，便容易把注意力集中在“韧结结”的口感上，吃起来并不差。说到香味，因为自己吃五月艾做的青团为多，习惯了五月艾显明的气味，相较之下，感觉不出南瓜叶做出的果子有什么香味。湖州、萧山的朋友也许是不同体会。

说来奇怪，虽然家里不做，对于茧果我总感到莫名熟悉。

以至于有一天，忍不住去问妈妈，以前究竟做不做蚕茧形的果子的？妈妈答得甚是平淡无奇："你外婆在的时候，每一年都要做的。我懒得做，所以没有做。""啊哈……"我心里笑了，"难怪一直觉得熟悉呢！小时候肯定吃过了！"那边厢，妈还在补充做法："搓圆以后，再搓成椭圆，中间捏一捏，有点凹进去，像个蚕茧样子。"《乌程》一书里也提到茧圆的做法，把米粉团子"搓圆后再直着两个手掌来回对搓，搓成椭圆的蚕茧形"，可见做法是大同小异的。这时我忽然想起来，周作人《故乡的野菜》里面说的仿佛是更小的茧果，我便追问道："有没有圆子大小，或者小拇指大小的蚕茧果呢？""那么小的没做过。不过大小是随自己意的。一般做得跟蚕茧差不多大。""用青来做吗？""是啊，做青团用什么，做蚕茧果也用什么。"

像是提供一个例证，《故乡的野菜》里说茧果，用料也不是南瓜叶，而是鼠麹草，因绍兴做清明果，鼠麹草常用（也用五月艾、野艾蒿等），南瓜叶是不用的："清明前后扫墓时，有些人家——大约是保存古风的人家——用黄花麦果作供，但不作饼状，做成小颗如指顶大，或细条如小指，以五六个作一攒，名曰茧果，不知是什么意思，或因蚕上山时设祭，也用这

上图：蒸前的茧果。下图：萧山的茧果。

种食品，故有是称，亦未可知。”这一段话需要配合蚕乡生活经验来理解，否则不易明白“蚕上山”这样的词。“蚕上山”并非说蚕真去爬了山，是蚕快要结茧时，蚕农给它搭好稻草做的立架（蚕蔟），小山样子，称“蚕山”，便于蚕卧在其间吐丝结茧。我翻《越谚》，在其中找着了“茧馃”的条目，简略地说着：“扫墓时食，艏头细腰，积六条成一攒。”这“艏头细腰”的描摹，恰好印证了我从妈妈那里得来的信息，即茧果的形状呈椭圆而中间微凹。所以这形容可以看作对周作人文中“细条如小指”的补足。浙东人骆一浪写茧果做法，点明了米筛的作用，十分详尽有趣：“是将糕做成如小指长短较拇指略粗的细条状，先用双手搓成圆柱状，然后用大拇指按着中间部位，在米筛（家庭用来筛米，以将谷糠过滤的工具。圆形多小孔，直径不足一米，一般均用竹制成）上旋转一周，糕的周身就印上了一层网格，通体颇似蚕茧，故而得名。”印上了米筛网格的茧果更显趣味，大约也会更得小孩们的欢迎吧。颗粒丸子状的茧果与蚕茧形的茧果以外，我还曾在网上看到一张塘栖茧果的照片，细瘦条状，米粉原色出之，果子的形状即刻令人联想到蚕，而当地也说是模拟蚕的形体来做。看着照片中颇似真蚕的长条果子，作为养过蚕、又怕蚕的人，我却有点悚然：

这种果子作为吃食放在面前，是什么感受呢？……种种搜集的资料显示，虽然浙江各地的茧果在名称、用料和做法上有所区别，蚕茧形的果子却不是湖地专有，至少像萧山、绍兴、诸暨、余姚、塘栖这几个养蚕地方也是有的。或许可以推测：曾经的蚕业兴盛之所，可能也都有做茧果的习俗呢。

浙东人看《故乡的野菜》，还别有一种贴肉的感觉。看到黄花麦果的歌谣，“黄花麦果韧结结，关得大门自要吃：半块拿弗出，一块自要吃”，不自觉就会用土话默念起来了，一面还在肚子里忍不住笑了出来，笑那个关起门来吃果的小人。脑海里有如放映着一个场景：白墙乌瓦，一扇木门与高高的门槛，一个小人站在屋里，手上拈着一块黄花麦果糕。他把这块糕饼掩在身后，几步上前把门合上了。若要问：为什么要关起门来吃？——开着门吃，难免有小伙伴看见，是给还是不给，这是个问题。情面上，总要意思意思。但是，半块糕饼拿不出手的。要拿一整块出去呢，太肉痛……自己还吃什么呢？自己至少要保证吃一整块的。因此在修辞上，“关得大门自要吃”后面，跟了冒号，表示关门已经是既成事实了，余下的是一个形式上的解释。这装装样子的后半部分解释最发噱，把小孩的看似纠结于私心与情面，实则内心早有取舍的情状，描述得很精妙，确为儿童对于爱物的心声。

我们现在生活的时代，可供孩子们选择的点心零嘴，已是高级得多，方便得多，且又四时皆备，不拘于季节；因此如今的儿童恐怕难以想象，一块乡土出产的清明的黄花麦果糕，竟能叫人如此地宝而贵之。只有我这样的从爱着青团青饺的少儿时代过来的人，在更新换代之际，会感到有些无形之物是跟着失落，不再复回了——比如现时高级的点心却不产生黄花麦果那样的歌谣了。这一点，周作人翻译的柳田国男写落雨的几段话，透露得更为清楚："我的老家本来是小小的茅草顶的房子，屋檐是用杉树皮盖成的。板廊太高了，说是于小孩有危险，第一为我而举办的工事是粗的两枝竹扶栏，同时又将一种所谓竹水溜挂在外面的檐下，所以看雨的快乐就减少一点了。直到那时候，普通人家的屋檐下都是没有竹水溜的。因此檐前的地上却有檐溜的窟窿整排的列着。雨一下来，那里立刻成为盆样的小池，雨再下得大一点，水便连作一片的在动。细的沙石都聚到这周围来。我们那时以为这在水面左右浮动的水泡就叫作檐溜的，各家的小孩都唱道，檐溜呀，做新娘吧！在下雨的日子到村里走，就可以听见各处人家都唱这样的歌词：檐溜呀，做新娘吧！买了衣橱板箱给你。小孩看了大小种种的水泡来回转动着，有时两个挨在一起，便这样唱着赏玩。凝了神看着的时候，一个水泡忽然拍地消灭了，心里觉得非常惋惜，这种记忆在我还是幽微地存在。这是连笑的人也没有的小小的故事，可是这恐怕是始于遥远的古昔之传统的诗趣吧。今日的都市生活成立以后这就猝地断掉了，于是下一代的国民就接受不着而完了，这不独是那檐溜做新娘的历史而已。”（出自《阿杉是谁生的》，收在《幼小者之声》一书里）

2014年11月26日

回忆摘茶叶

南方的绿茶多数是女人来摘的。摘茶又与两个节气最相关。清明前十天，清明至谷雨，谷雨后十天，为一般的采茶高峰期。以本省（浙江）为例，茶市时，乡里的妇女跟邻舍打招呼：明朝一淘摘茶叶去噢！对方连连称好。第二日吃过了泡饭，带上点心和茶水就一同出发。年轻的，头戴麦秆编的圆沿帽子，宽边沿上面相对的两头，一头红漆写有“上铁”两个行书，一头漆着铁路路徽标记；年长的，可能戴锥顶的竹笠帽。各自或提或背一个颈口绑着布带的竹篓，从那竹篾演变的色泽与光亮，可以比较出其使用的年份之长短，频率之高低。两个这样装扮的女人，神态与步伐中带着踏青的逸兴，并不心急赶路的样子——这一类的是摘茶叶人群中的散户，为了响应时令，讨个开心居多。她们去的往往是相熟的茶园，或者就是自家当值的几垄茶地而已。也有提前被茶场主人雇下，作为一份正经短工来做，日程安排上就要受拘束，甚至需要吃住在雇主

雨天的梅家坞茶山。

家一段时间。在茶区，摘茶叶这种时令短工非常普遍，到今天也还延续着，将来还将延续，因为讲究“细嫩采”的绿茶采摘，其中的人手还无法由机器替代。

和春天的摘野菜一样，摘茶叶也容易令人开怀。即使在茶忙季节，日日抢摘，“劳其筋骨”，摘茶人的神情，也只是加重了专注，愁眉与苦脸是不容易见到的。这种情状，由一首采茶主题的民歌——周大风作于1958年的《采茶舞曲》——典型地表现出来。这个舞曲以越剧曲调为基调，赞美江南春色和采茶那种繁忙的喜悦，在上个世纪60—80年代风靡一时。按照通用的说法，《采茶舞曲》是以著名的茶乡——杭州梅家坞为原型创作的。晚近有一说，则认定是取材于温州泰顺。我想只需理解其为一个高度浓缩的符号，并不需要特地廓清源流，因为里面所唱，在江浙的茶乡处处有之，如果有“荣光”也并不为某一地所独享。

就以我的老家绍兴地区的茶场来说，春茶的采摘便是邻近男女老幼都会欢迎的劳动。尤其上世纪90年代以前，与农相关的副业，为农村家庭收入的重要来源；依照现摘现结的行规，茶忙季节出动，意味着一笔可靠的现钱进账，自然会成为众之所趋。80年代我的童年时期，物质匮乏，摘茶叶除了能够贴补家用，也意味着野外新鲜的花果与玩物，在孩子的心目中简直视如节日了。

因此不奇怪地，包括我在内，村里的小孩都积极地成了摘茶叶的“童工”。我最早参与摘茶大概在六七岁的时候。老家属于丘陵地貌，浦阳江的支流从村子边上蜿蜒而过。站在江边堤埂上放眼望去，视线里一派连绵无尽的低山，看着似乎并不遥远，走路过去却颇费脚程。父母那一辈，出行坐船很常见；到我出生时，陆上交通发达起来，故而没有留下太多坐船的记忆。只有一种坐渡船的印象格外深刻，这条渡船是我们去摘茶叶的途中必要借助的。

正是轻暖宜人暮春时节，天刚蒙蒙亮，大人先起身准备干粮。通常就是几团夹着梅干菜的糯米饭团，滋味好，也耐得饥饿。兄弟姐妹几个，出于兴奋，不用喊也已经醒了。一家人统一着雨靴和耐磨耐脏的长袖旧布衫，拎上长的鱼篓和矮的虾篓，赶到村北隔着堤埂的江水边去。江堤的两面斜坡上生着成片的芦竹，这时候已经叶色青青。水边有一只能容二三十人的手摇木船候在晨雾中，要等凑齐一船的人才会启程，把客人送到不远的对岸去。从堤埂上两个方向陆续来人，汇聚到船里来；同村的有，不认识的邻村人也有。都先把船资付给艄公，跨过跳板，捡一处空地坐下来。一船之中十有八九是到同一个茶场去的，出门时间也差不太多，因此，船很快就开起来。晨光熹微，映着这短短的江上旅程。虽然是人力，船桨划开水波的动作几乎是规律的。船在水里以不大的幅度左右平衡地来回摇摆，船沿与水面的落差不到一尺。眼看着离开家那边的堤岸越来越远，我的心情兴奋中夹杂一点儿紧张，捉摸着船翻了跌落到水里是什么光景。也有一种轻快的念头升起来，是关于渡船之伟大，使我们不必绕不知多长的远路至对岸；那邻村人兼职的艄公也平添了神秘。

我们的目的地是叫作“三角道地”的茶场，方圆闻名的大茶场。下船以后再走六里路，看到广漫的红土土质的林场，那便是了。赭红色的土是本地上了规模的茶场的象征。土质细滑，若是下雨天走在上面的话极易跌跤，要蹩着脚趾横向迈步，一步一步地挪；因此雨天就不去摘茶叶了。晴天的茶场里，茶树丛规规整整，散发着无边的静谧气息；四面八方人来之后，就到处尽是热闹的人声了。最欢快的是一同摘茶叶的我的同龄人们。有些人家的小孩，行头里有袖珍的小篓子，用起来蛮有一种专业的范儿。普通的是一尺半深的虾篓，拴在童工腰上，看着让人担心快要擦地了。等装的茶叶多了以后，沿着腰腿堕了下去，行动更见吃力，像是被一个鼓鼓的累赘挟持，只是自己不能察觉出这种样子的滑稽性——我们的注意力早就分散到茶场里特有的新奇事物上面去了。有的是在摘茶间隙孜孜寻找鸟蛋与蛇蛋（茶丛里有蛇出没，所以都要穿长筒雨靴作为防护），我的心仪之物是树丛底下和蛇莓杂生的蓬藁果，土话里分别叫“阿公公”（蓬藁）、“蛇阿公公”（蛇莓）。因为早已听过父母告诫说，蛇阿公公有蛇游过吃不得；因此我见到它总感觉十分诡异，还有点儿惊悚。它和阿公公这种好看好吃的果子只差一个字，却简直是一个天上，一个地下了。

不知道当时是否过于贪玩，现在回想，茶叶究竟摘了多少，跟大人相比如何呢，这些问题实在无法求得答案了。只有一件事，多年以来我妈总会拿出来说嘴。内幕还是我自己主动告给她的：在茶场，我到称秤的地方去给茶叶过磅，途中看见有个人往自己茶篓里混小小的泥团子，有个人的茶叶，连长长的老茶梗摘在一块儿，折一折，混在新叶堆里；他们悄悄告诉我说“这样斤两就重”。当时的工钱，一斤生茶换一角五分钱，篓里装得多了，就去专设的几个点过秤，由场里的会计记下姓名和斤两，收工时领取当日全部的收入。在我的概念里，大人教导自不会有什么错的，我很感激，以为学了一招，可以

上图：蓬蘽的花和果。下图：蛇莓的花和果。

多挣一点钱啦！那么就依样画葫芦地实行起来。谁料，妈妈听后哈哈大笑，以一种不知贬褒的腔调说："看不出，你这个小人这么滑头。"……听得我一懵，心说我是被骗了，怎么成了滑头？！……不管怎么说，从此就落下一个笑柄。

从这可笑的往事，也可以想见，过去我们乡下的采茶是一种粗放的模式，门槛也极低。几年前我看到一个有趣的新闻，说外省某地的农妇，不带多少盘缠的，集体赶到杭州来挣采茶钱。在她们的预想中，摘摘茶树叶子而已，有何难度可言呢？工价又高，不啻是一桩美差。孰料到来之后，无知无识的样子狠遭了嫌弃，哪里有茶场肯雇。无奈之下，唯有窝头咸菜就着泪水度日，因为连返乡的资金都不够了。最后还是当地部门伸出援手，把这支队伍"救"了回去。这则新闻叫我想起小时候采茶的事情，不禁哑然失笑，心说幸亏生逢其时，否则在工艺先进的今天，假如贸贸然跑到龙井茶的核心产区来试图打工，依照我那种未受规训的摘法，也只有遣返一种结局了。

杭州这样的茶业重镇，春天里，随便选一座山去踏青，很自然就有摘茶叶的"专业人士"进入视野。气候正常的年份，3月底4月初，明前茶采摘正当其时。凡龙井茶的产区，必定有腰间系着茶篓、头戴草帽的采茶女工，将半个身子没在茶丛中，一垄一垄地，循序移动；除开午饭，从早到晚也不停歇。春阳和煦，笼罩山野。远远望过去，茶蓬顶上老叶反射日光，一括一括的白。女工们的欢笑散落在碧树丛中。每当此时，我就要尽量想办法，到九溪、龙井或是梅家坞过上一天。虽然自己并不动手，去嗅嗅新茶香气，看看她们摘茶叶，也算是躬逢其会啊。

我的线路多数是坐车到五云山下来，往九溪方向步行。有时候迎面先碰上一枝映山红，举在出游的女孩子手里，显见得是从山上现摘的。沿溪涧一路往前，靠山吃山的人融会在青山绿水之中，看起来有说不出的舒泰。这个时候野外的绿，层次也最为丰富：眼前的草树，草树后的茶丛，由近及远，再到更远处蒙蒙的山林。我常借摘茶叶的人远远取个景，以其为茶园和山色的点缀。有时走得近了，聊两句天也极有意思。以前我曾碰到一队人马在溪水边洗了手，把茶篓搁在身前，路边坐成一排歇息。我上去问，给茶篓拍个照好不好。“当然好”，“背起来拍更好”。也有年轻腼腆的媳妇，看到端着相机的人走近，以为要对她特写，唯恐出丑，便把帽檐拉下来挡住脸，吃吃笑着说：“不好看。不好看。”此时只需要识相地退回山道，对她喊一声：“很好看！真的

上图：九溪采茶。下图：采茶女和送饭来的人。

上图：茶青。下图：采好的茶叶。

很好看。”再迈开步子往前�过去。

如果摘茶叶的人喜欢听曲，常常会随身带上一只小播放器。工作的时候，把播放器搁在茶蓬顶上，放出几个中意的越剧选段来娱耳助兴。今春我和朋友同游九溪，日暮时分接近龙井村时，只见路边茶坪里女人们笑成一片。一种畅快肆意的气场，把我们两个路人也吸引到茶树丛中，转动羡慕的眼珠，意欲探个究竟。未等问出个所以然，女工中的一员，走到我旁边的茶蓬来按下播放器开关。一段没听过的四工调（一种越剧老调）响了起来。大概可以判出唱的是一个浪荡子悔过的故事。四工调的调子简单而动听，把浪荡子的忏悔反复地吟唱，使人沉浸在乐声中，不再有言语。这种经历难言而难忘。暮色四合之际，赶到龙井村歇脚吃饭，经过户户庭前摊开着的大大小小的竹匾，目睹新摘的明前茶嫩黄绿色，芽叶分明，铺散在竹匾上，从沁人心脾的香气中穿行，是又一种难言难忘的经历。我们于一座小楼的露天阳台坐定，只见主人从竹匾里抓起茶叶，一杯一把，拿到跟前来泡茶。就以这杯茶一洗尘劳，而后连吃起饭来胃口也格外地好了。待到鼓腹而出，夜幕已沉，新茶香气散布，昏黄灯影，映着少许步行客移动的身形，此时的龙井路有如天上的街道。

我在杭州，四季都要去茶山行走，尤其是天竺与九溪这两个老牌的龙井茶产地。从明前茶采摘看到茶花开谢，只觉得一年之中，春茶毕竟不同于他时。春游茶山，与赏梅、赏樱、赏桃一样，是要作为专门的行程，提前规划起来的。这于我事实上已成了一种年年履行的仪式。以往并没有思量过其中的缘由。去年10月间，我曾做过一个难得的美梦，醒过来时，被久违的宁静与甜美所包围，简直不想睁开眼睛回到现实中来。梦是一个简单不过的短镜头：一片伏地的乡下常见的野草，其上覆盖着露水。野草与露水，使我一下子在意识中重回到六七岁，穿着雨靴又走在五更的堤埂之上，去赶渡船。才明白为什么我老是去看摘茶叶的人了。

关于蓬蘽与蛇莓的补充

我理解的蓬蘽与覆盆子的关系

蓬蘽，也俗称葛公，某某莓，某某泡，或者某某藨。是悬钩子的一种。蔷薇科悬钩子属品种很多，一般的说法，这些悬钩子未成熟的青果，加工后可作为中药材入药，称覆盆子。不过以前也看到有资料说，众多青果中，具备药用价值的，实际上是华东覆盆子（掌叶覆盆子，*Rubus chingii Hu*）一种。这一点存疑。很多人口中的覆盆子，不是中药概念，跟“葛公、树莓、田泡”之类同属于地方俗称，可以用来指蓬虆，也可以是指别的悬钩子果实。

关于蛇莓是否有毒

每次贴出蛇莓照片，总有人留言说它有毒。可是怎么个“有毒”法呢？却无下文。查《中国植物志》“蛇莓”条目，有一句说，“果实煎服能治支气管炎”，却没有谈到毒性。在我的印象中，国外有拿它来做果酱的，国内吃过蛇莓果的人也并不少。这种果子味道寡淡，又因铺地而生，容易沾染蚂蚁蛇虫，有欠卫生，这是显然的；也许果实本身确实含有有害健康的成分（如《本草纲目》云，“俗传食之能杀人，亦不然，止发冷涎耳。”），然而笼统地以“有毒”一言蔽之，而又不能说出所以然来，总觉得不大恰当。

2013年9月23日

蚕桑故事

还是学生的时候，过完寒假回学校，在平驰的火车上，沿窗看本省地界，田畈里桑林是常有的。2月份的桑树平淡无奇，入眼唯有光溜溜树皮枯燥的灰褐色。桑树的主干，在离地不远处一分为二，成一“丫”字，两处分支的顶端抽出的桑条中，得以保留的那几根，统一修剪成了同样的高度，树丛在垄上列着平整的队伍。火车快速行进中，我努力定睛去看单株桑树的身形，譬如身躯的树干，譬如手臂的枝条，配合起来，有一股作势欲舞的派头，仿佛武侠世界里的侠女，矮身举臂，持剑欲击那种姿态。小说家笔下“越女剑”的名头，于是浮现脑海。原先看惯了的桑枝，便也显出不同于往日的趣味来了。这新视角还是拜旅途中换上的游子之眼所赐。

离乡的途中有桑林可看，是觉得亲切的，也让我想起些与蚕桑关联的往事。时间再往后走两个月，正是蚕月。如果时间同时倒退二十年，养蚕是我家的当季大业。记得一开始，总

上图：桑树。下图：蚕室。

是母亲从农科站买回来几张蚕仔框。养蚕人家互相打问，问的也是："今年养几张蚕？"装蚕种的纸框，面上绷着一层白纱布，蚕的细仔像黑沙一样附在里面的厚纸头上。这种小细沙是怎么转变成小蚕的，我并不明了；这像是时间所施的一种魔法，时候到了，就自然而然地变成了。

有的小孩不怕虫，对蚕就很喜欢。而我是一万分的怕虫的人，对蚕也就毫无好感。不过，小蚕初初成形时，还没有使我感到恐惧。养蚕之始，我们在米筛里铺好干净白纸，把小蚕安置其间。这批娇客，此时食量尚浅，通常母亲一人采的桑叶便够其享用了。我从米筛旁边经过，闻听它们进餐时的沙沙之声，也能够体会到一丝甜美。不久，蚕的身形长开，便搬迁到几个圆桌大小的篾箕上去，底下依然铺有净纸。这些篾箕放在特为辟出的蚕室内，需要定期用漂白粉进行消毒处理。蚕室便整日为漂白粉味道充满着。

蚕身既长，桑叶的消耗也大起来，就轮到我和姐姐出马，背着竹篓子到堤埂外的桑林里去摘。我们俩都穿着雨衣，戴着手套——这两个措施是专用来防毛虫啮咬的。虽则全副武装，走进桑林那一刻，我还是忍不住地胆战心惊。不进桑林的人不知道，碧绿无瑕的一片桑叶底下，多有可能隐藏着花花绿绿的毛辣虫、洋辣子。它们“犹抱琵琶半遮面”的娇态，看一眼就使我心口一缩了。有一种褐色的虫，身子细长，爬行时背部高企，成拱桥一般的形状，一折一折地前进。此怪唤作“桑尺蠖”，又称桑搭、造桥虫，都是很形象的名字。这种怪虫最为惊人，在桑叶上又尤其多见，去摘上那么一趟，总避免不了要碰几次面。故而每次去桑林，我都勉强之至，常托辞立于埂上“观战”，美其名曰：替姐姐提篓子。如果那时候的我学过了古文，便可以施施然负手道：予岂爱采桑，予不得已也!

桑叶背回来后，要清洗，摊晾，再挨个轻轻地铺到蚕身上去。蚕有一种心无旁骛的吃相，找准了一处突破口，自上往下刷刷地啃出弧线，脑袋也随之屈伸，周而往复，效率是很高的。蚕只吃叶肉，茎干不去动它。饱餐之后便休息了。排出来些墨绿色小球状的粪便，及时清理，并无异味。这一时期，蚕们长得飞快，莹白的肤色，身躯上饱满的一节一节，微微有点弹性鼓突的样子，慵懒而从容。便在此时，我的恐惧心理空前膨胀了。每当需要拈起蚕来检视，心里不禁打战。蚕在手心时，许多脚微微蠕动，挠得人发毛；时间稍长，头皮都要炸了！最挑战神经的，是有时候还会遇到无眼之蚕。一回大家依例凑在篾箕边上检视。姐姐手心里托了一

上图：桑叶。下图：养蚕。

条蚕，正对着看起来蛮安详的大白虫细细地瞧呢，忽然察觉有些古怪：它的脑袋顶上除了白蒙蒙的皮，什么器官也不生。姐姐抖着手发出失控的尖叫，引得我们去看时，那条百里挑一的无眼蚕，还悠然无知地摆动着它那光光的脑袋呢。受此强烈刺激，姐姐冲到院子中央痉挛似的跳了很长时间的脚。我和弟弟跟着出来看好戏，便都幸灾乐祸地嘻嘻笑个不停了。其实无眼蚕我也见过几条的——不记得是在这之前或是之后，不过，我却有克服尖叫的冲动的本事，只是当作没有看见，避之则吉。

蚕们已经成年，无须几日便要吐丝结茧。养蚕人也便来到了成败在此一举的时刻：有同村的人会伺此“良机”，暗中用农药水喷洒别家桑叶，了结别家之蚕，以便自家蚕茧货得高价。若遭此毒手，没有什么眼见为实的证据，也只好自认了倒霉了！我家是认过一回的——毒桑叶下肚未久，大蚕纷纷瘫倒在篾箕上，吐出绿色液汁，奄奄一息，农科站的药品也不能挽回它们性命。这时刻，全家束手，围在篾箕边上心痛得掉下泪来。多时的殷勤照看，在我的感觉上可谓“奋不顾身”的采桑，凡此种种花下的心血，已使养护者与蚕结成了休戚与共的联盟，即便惧怕蚕虫如我，也不例外。如今这些都付诸东流。

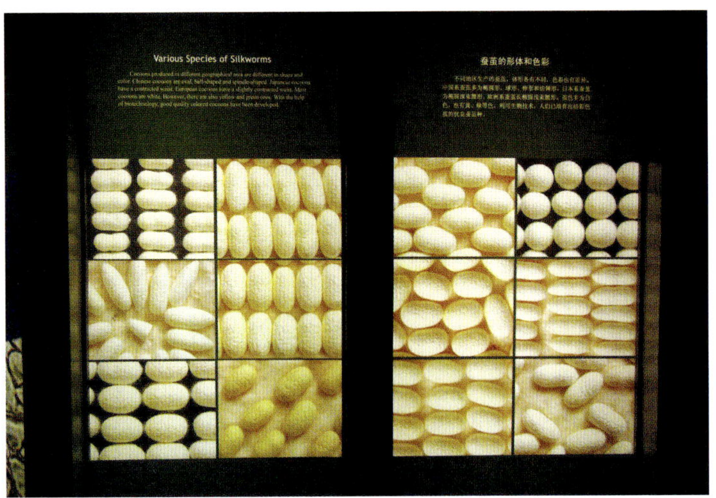

上图：蚕蔟。下图：蚕茧之种类。

眼看前事不能挽回，母亲很坚强，寻到较远的别村桑林，借叶回来饲幸存的蚕。也摘一些无主的野桑叶来搀着用。这时候母亲会特别叮嘱，万万不可摘楝树底下的桑叶，那种桑叶蚕吃了也是要中毒的。我想这大约是跟苦楝子的毒性有关。横遭灾祸之后，万事都格外谨慎起来，同时不可缺的，心中的希望也还须再充满，来支持尾期的忙碌。此后很快就要准备结茧用的蚕蔟：把稻草剪平了，取一小捆，居中扎住，拗成小伞样子，立在篾箕上。蚕会自己爬进去吐丝做茧，这便是"蚕上山"了。几天之内，结茧这项辉煌的工作也结束。草结之上粘连着一个个洁白蚕茧（劣质黄软的也偶尔有），摸一摸茧壁，感到一种适中的硬度。而原先我所惧怕的大虫们，已把自己化作蛹，封闭在椭圆的小球室里了。于是全家上阵摘蚕茧，集拢送到收茧点去换钞票。养过了几年蚕，后来读到"维桑与梓，必恭敬止"，不由得心头一热。

蚕季过去以后，暑气上升，桑子熟透了。我和村里同龄的伙伴常在水塘边摘桑子吃，把嘴唇染成两瓣乌紫。如果吃了洋辣子爬过的桑子，嘴唇还会微微肿起来。不过贪嘴的小孩并不在意这种小小的意外。

一回在晚饭桌上，姐姐问：桑子什么时候不能再吃的了？

妈妈说是小满以后。我奇怪了，忙问为什么。爸爸接过话语，说小满以后蚂蚁就爬到桑子上去了。我问那么准吗？小满以前就不爬上去吗？爸爸说是啊，都有时辰的。小满以前不爬。小满以后，蚂蚁就都爬上去了，意思是，以后人不能来吃，轮到蚂蚁吃了。真是有意思的解释。

自三年级搬到邻镇上学，记忆中便没有再养蚕，也不大吃桑子了。那时爸爸在镇上高中教书，我们姐弟跟着住在高中的教师宿舍里。这所学校的隔壁是我感到好奇的蚕校，从敞开的门里看过去，也有桑林，庭院深广，不知具体是教什么的。与高中隔河相望，有一家作为镇上龙头企业的缫丝厂，一般简称作丝厂，高高的烟囱管里冒着白烟，穿白大褂的工人穿梭往来，一派蒸蒸日上景象。有段时间，我和弟弟寄住在丝厂一位同乡郦叔叔家，放了学未到厂门口时，里面漾出来的浓浓的蚕丝味便把我们包裹了。进了厂子，处处弥漫着蚕丝那种不算美妙的气味，使人有种“茧中行”的联想。郦叔叔在家请客小酌，必拿出一碟炸蚕蛹作为高级的下酒菜。听客人啧啧称赞，似还是丝厂的福利，一般人没有途径吃到呢。可是这在厌虫的我是难以领略的，这道菜也是必定拒绝去吃的。但我记得丝厂食堂出产的蛋糕——郦家阿姨每天早上为我们备着的点心——

桑葚。

却是令小学时代的我感到惊异的美味了。寄住期间所得的照顾，与郦氏夫妇的安宁生活一道，留在我童年的记忆之中。几年以前，郦叔叔曾来杭州做客，饭后谈起正跟妻子拉锯似的划分财产，办理离婚的事。我听了一阵惘然。那些悄无声息的变化，是从哪一个时间的节点上开始的呢？没有人说得出来。往事流水一般地消逝了，“人心是不待风吹而自落的花”。

2011年5月25日

乌糯米饭

闲来无事，盘点已读书目，很自然地想起高诵芬老太太的《山居杂忆》，虽然第一次读此书已是近三年前的事了。

如果记得没错，我在2006年四五月间初次知道高老太太。那时，对植物的兴趣正浓，闲时往西湖边寻花访柳，又在花草摄影论坛潜水学习。临近立夏，我到家附近的小巷菜市场里去，靠近出口的某个菜摊上面，堆了满满一簸箕其貌不扬的树叶子，菜贩告知为做乌米饭的材料，我不禁大为好奇。这种乌饭叶子售价低廉，一元一斤，我就买下一袋来，预备回家试着做做看。之前，先上网搜乌饭叶和乌米饭，在叫作“澳洲网上唐人街”的网站上，看到了高诵芬的回忆文章《立夏和端午》，其中记述乌饭做法道：

把叶子摘下，放在竹编的大淘箩中。再用一只大木盆放满水，将叶子浸入水中，隔淘箩揉搓。渐渐叶子变碎，水变黑。

然后将糯米放在大布袋里，浸入水中。次日早上，男厨师将浸了一夜的糯米取出，用大蒸笼蒸成青蓝色的糯米饭，清香可口，我们名之曰“乌糯米饭”。

见到“乌糯米饭”这个称谓，用土话念出声来，我才恍然，原来不是新奇事物，以前也听母亲念叨过的，只是发音稍有不同罢了。“青蓝色”的形容，像是一星灯火，照亮了记忆深处某一个角落，我想起幼年时曾经吃过这种颜色特别的糯米饭，虽然具体情形已很模糊了。对这文章深感亲切的我，顺藤摸瓜，就把高氏回忆杭俗的系列，一气看了个遍。果然四时毕备，还都以私心所好的平实笔风出之，一时念念不忘。这年9月，到了学校报到后，得空往书店购得了南海出版公司结集出版的《山居杂忆》一书，时常翻翻看看，流连得最多的，还是已在网上读过的杭州旧时风俗的部分，那里面有同为浙江人心有戚戚的风土、吃食，以及我从那时起格外感兴趣的与草木有关的故事。

昨天打开一则书评，惘然得知，老太太2005年已在澳洲辞世了。《山居杂忆》这一本书却流传下来，不止教给有缘的读者吾乡吾土的知识，也留下了过去岁月里人的浮沉际遇，和始终磨折不掉的日常的趣味，这些，是我想起此书时感到珍贵的地方。笔头很拙，书评是写不来，就把当年学做乌糯米饭的日记搬在这里，作为私人的忆念和感谢吧。

2006年5月初

从农贸市场买了乌饭树树叶：椭圆形状，光滑表面，老叶子带点儿厚度的，这么一种辨识度不高的叶子。说是立夏要吃的乌米饭得用这种叶子来染制。

跟摊贩问了做法，只听伊模模糊糊地说，“水里浸一天一夜……再用这汁煮饭”。回来查了资料，把叶子洗净了，依言而行。开头（5月1日），浸了叶子的水散发出淡淡的、像青柿的气味，很好闻。一天一夜过去了，半个白天又过去了，眼看着水色总是不变深，气味倒渐渐发酸了，有点急了。

从头细看资料，原来需要用石臼把叶子捣碎挤汁出来。石臼没有，只有十指。高老太太文章里也写了，可把叶子隔淘箩搓碎，于是抓住叶子一阵搓、扭、扯、掰……像《血手印》里王千金撕婚书一样，把叶子“撕得碎纷纷”。终于，水色是显著地变深了，连指甲盖都染上了乌色。便用纱布包好糯米，浸在水盆中央。又等待半个白天。末了，米染作了蓝灰色，冲洗过后也不褪，感觉很神奇。

上图：乌饭叶子。下图：揉碎的乌饭叶子。

上图：染色。下图：蒸熟的乌糯米饭。

想着离大功告成也不过一箭之地了，心情放松，不觉哼起了小曲。淘完已经染色的糯米，全部倒到电饭煲里，加上两瓢清水，就开煮了。不多时，热气腾腾。这时妈妈过来问了一句："纱布垫上了吧？""纱布？要纱布做什么？"——猛然回过神来，顿感到功亏一篑是何滋味……浸涨的糯米，原本是应当垫上纱布，直接搁到饭托上去蒸熟的。像是煮米饭那般煮出来的乌米饭，因水加得过多，便完全失去了糯米的韧性了，变成烂烂糊糊的口感。

真是不甘心啊。五号又试了一次。买了很嫩的乌饭叶子。为求完美，糯米也是新买的一斤。这一回顺风顺水，染成以后，米和饭的颜色接近蓝黑墨水，煞是好看。乌糯米饭饭粒饱满莹润，伴着淡淡木叶清香，称得上色香俱全，不蘸白糖空口吃也不会厌的。后来得了妈给的一小瓶松花粉，乌饭蘸着嫩黄松花粉，这两样也是好搭配。

以上所述用来把糯米染乌的树叶子，是取自南烛（乌饭树，*Vacciniumbracteatum*）这种山中灌木。会开铃铛状成串的白色小花，秋季结出蓝莓似的小果也是可以吃的。

2009年4月12日

端午

说到端午，想起石屋禅师的“梅子熟时栀子香”。原本是禅语，但也不妨当作本地端午前后的季节语看。

梅子，果梅之实，与梅花一样常入诗词。“叶间梅子青如豆”“梅子黄时日日晴”“梅子临池坠有声”“闲里看、邻墙梅子”……可以见出，这是农业社会春去夏来之际，南人时时看在眼里的寻常果物。如今南方城市中果梅栽种极少，梅果自然淡出了视线，即便有心，想要看看枝头梅子青转黄，也往往缘悭一面。只有到了食用时节，果蔬市场里可以见得到身影，虽它向来并不如草莓、樱桃、枇杷那么让人青眼有加。杭州的青梅上市，往年在5月初，于水果摊、菜市场这类低端售场中现身，来而又去，大约持续一周时间，路人若是匆忙，就会视而不见，好像这种果子从未出现过一样了。有眼尖而喜欢尝新鲜的人，买了梅子来吃，因为味道酸涩，一次也是吃不了多少。然而把它做成梅酱、梅干、梅酒，就大为不同了——不独是存味期限得以延长而已。即以梅酱来说，梅子那种独有的酸味，经过了盐和糖分调和，形成极为生津提神、回味久久的口感，如投石击水一声清响，充满力道与余波，在果酱中可说是绝无仅有的一份。这样的青梅酱，有一年我跟朋友学过。说起来也并不复杂的：先把青梅洗个干净，在配比好的盐水里浸泡三个多小时。而后，出到锅中，再加同比例盐和水，煮上五分钟。控干水分以后，这次加的是糖，煮到果肉彻底融化成浆状。此时需搅拌着，一边留意不使煮制过头，一边挑出果核。所留的肉浆，摊凉了，盛到干燥清洁的瓶子里，梅酱的制作便大功告成了。挑出的果核，我们也一只只嘬过，把核上附带着的一圈肉浆都吮到口中，与吃话梅颇有同感，不过味道要更优胜。做好了一锅子梅酱，每人先分一小瓶，是为劳动后的零食犒赏。吃完了午饭，我便不时舀上一勺，一会儿工夫，忍不住又舀一勺，差点就一次性吃了个精光。用“食髓知味”来形容这种欲罢不能是再贴切不过的。

青梅转黄的时候，栀子花的馥郁香也在空中传播了。栀子花是街头巷尾开遍，绝不令人感到生分的时令花。我去坐车上班的路上，经过五金店、电动车商行、服装店、小吃店，几乎家家门口摆着一两盆；小区绿化带及人家的阳台上，就更不

梅酱制作过程：青梅洗净加盐浸泡；盐水中煮，煮至变色；控干水分后加糖再煮；煮至果肉彻底融开；挑出果核，梅酱便做成了。

必说了。临近端午，栀子不独是在露天的地里或盆栽里繁茂着，也幽然开在女人的乌发之上。“春去夏犹清”，在清和的初夏白日，散步或是乘车，偶尔能看到街边一两个头戴栀子花的妇女，拎着篮子、袋子，不疾不徐地走着。即便是世易时移到了今日，这种场景，仍不失为可供怀想《武林旧事》所记簪花风习的一幕。我一边看，一边在琢磨：这个时候，倘若从那女人身旁走过，不知道风里是否也带着花香……因为自己缺少那份勇气，看到别人戴花，有点羡慕，又有点得意，仿佛有同党替为出头一般。另外的一次，我去城北的布料市场，离开时经过某个摊位，扎着马尾的女摊主背对着我坐，头顶上有一团亮眼物事。定睛看去，原来簪着一朵新开开来的栀子花，大而洁白的栀子花，是那种称为“白蟾”的大花大叶栀子。簪花这件事很微妙，出入办公楼的时尚女孩子无意于此，因为在认知中这是与“现代”相对立的东西，倘有人真愿意一试，也是要冒着被人暗讥为“作怪”及“乡土气”的莫大风险。但无论什么样人，看到市井中的年轻妇女簪一朵开得恰到好处的季节之花，则都能由衷地加以欣赏，为其落落大方的应节之举暗喝一声彩，反觉得这是一幅“一期一会”式的风俗画面，表出了俗世里的美意。布市里的这朵花就足以把纷乱的市场与嘈杂的市

栀子花。

声也衬得亲切可爱起来。因此，我停下步子，想用手机给这场景留个影。女摊主却好像感应到了什么似的，忽然转过了头，带着疑问打量过来。要上前去解释一番，让她再转身配合拍照吗？过于矫情了吧……反正也不会忘记了啊。这样想着，就迈步走了出去。

栀子花季，我同家里人会回乡下几趟。这个时候回乡，必然是存着“可以痛痛快快看一回大栀子花了！”这样的念头，心情十分雀跃。城里当然有许多品种的栀子花，大花的也不少，规规整整栽在公共绿地中，不好亲近；或是拘束的盆栽，养的多是小花小叶的雀舌栀子，不像农家屋角边沿或是洗衣台畔那么郁郁的大丛，简直感觉是两种植物了。有那么一回，恰逢阵雨，在亲戚家屋檐下坐，面对着院落一角枝干高如小树的花丛，领略了一番“升堂坐阶新雨足，芭蕉叶大栀子肥”。雨落起来时，栀子的肥白的花，油绿革质的叶，与人之间隔着雨幕，就感觉雨幕仿佛取了花叶两者居中的颜色，在莹白花瓣的对比下显出一点灰度。栀子的叶积了雨水，鲜明度丝毫不输其花，叶脉仿佛墨笔描过一般，叶面油亮有光。《期待的日子 · 山居杂记》里，郑安娜写夏日绿潮，说：“一夜稀疏梅雨，周遭为深深的浓浓的绿色所包围，我是浸润在绿的满潮

上图：山栀子和山栀子果。下图：雨中栀子花丛。

中。这些夏日的绿色永远为我所爱。在小的时候我便爱读潘思同的风景画，为的是他有那种淡淡的素材，他欢喜挑选那些冷落的角隅，有大量的绿色。像在睡乡中，我曾为之失神，我曾沉溺在绿色的夏梦中，长久长久地独自梦游着一个浓绿的世界。”看到雨中的栀子叶我便想起她这段话，私心觉得大栀子叶经雨的浓绿，便是夏日绿潮中最有代表性的一种了。家养的栀子喷香地开了出来，村里人看着高兴，折几枝来拣一个瓶子插，或养在吃饭的瓷碗里头，是最高程度的喜爱的表示；除此大概只有春日的映山红得过类似待遇，不过映山红没有香。

除去供香，栀子花亦能入馔，林洪在《山家清供》中记栀子花馔为“檐卜煎（端木煎）”：“旧访刘漫塘宰，留午酌，出此供，清芳极可爱。询之，乃栀子花也。采大瓣者，以汤焯过，少干，用甘草水稀稀面拖油煎之，名‘檐卜煎’。杜诗云：‘于身色有用，与道气相和。’今既制之，清和之风备矣！”乡间做法则不止于油煎，也见清炒或羹汤，不过用的却非家养的大栀子，而是野生的山栀。家栀子能不能做菜，抑或因何不用来做菜，我不曾问过。只知这时节往山里走，单瓣六出的山栀子花，我们去摘野菜时总碰得到，枝杈细细，无章法地散蔓开来。其花一般是要较重瓣的家栀为小，然也有少数开得极大的。香味偏清，与家栀略有区别。山栀子也是“秋实丹黄有棱”，在杭州常见到山民农忙结束后，顺手采摘一大捧果枝回家，大约是因为山栀果可以染色及入药的缘故吧。

与栀子同为端午时令花，且又有香的，还有小小的白兰花（黄桷兰）。这种花在杭州少有露天种植的，多为盆栽，因其过冬需要较高的温度，户外土栽难以保温，也便不易存活。6月初我到上天竺法喜寺，吃过斋饭，出斋堂往右首的石阶踏上去，慢慢朝白云堂的方向踱步，一路就闻到盆栽的白兰花令人恋恋的香味。山中的白兰开得比城里早，玉笔模样的花苞，满开时有莲花姿态，又仿佛千变万化的佛的手姿，与寺院甚为相得。为要看到最早开的白兰花，5月下旬时，已蠢蠢欲动想到法喜寺来了。下面的寺院也栽同样的花，而不仅在规模上无法与法喜寺匹敌，也缺少白云堂阶前空无一人、绿叶白花与黛瓦相映的清寂气氛。不过，真要加以比较的话，最让我心动的依然是城里的白兰花——不是枝头花，是那些经人的手，做成了两朵一双的佩花，齐齐整整，码在竹篮的托盘上面，由花白头发的老太，在街巷里弄的固定位置兜售着的。她们专属的叫卖声，“栀子花……白兰花……”“茉莉花……白兰花……”偶尔响起两声，更多时候，她们只是埋头坐着，专心串扎出新的作品来。除了用白线束住两朵白兰花为一对，取一截短铅丝，两头扎住两个花柄以后，上方扭成一个水滴形佩环，以方便顾客挂在纽扣或衣襟上面；也用长一些的细铅丝，穿十来朵未绽开的茉莉花蕾，弯结成一个香香的手串；或是数条铅丝扭出一把撑开的扇骨造型来，每条的顶上各穿一粒茉莉花球，形成一面小小的花扇子。还有一种编织的迷你藤盒一样的东西，用来装一朵白兰花，便于放在包里或挂在胸前。她们有一些“业内”的护花措施，比如在篮子底部用塑料袋装上冰块，给娇弱的花朵保鲜；也会在成排花朵上面铺一块沾湿的毛巾，以给花朵补充水分；又或是给一组白兰花佩花配一张厚绿叶子，佩戴时，便能够隔开人体热力，使花朵延长生命和香期。她们也给顾客附送诸如“晚上用湿布包起来放冰箱里”这样的存放窍门。这种本小利薄的生意，不知起于何时，很多年来，深受江浙沪一带女性的欢迎，成为数代人共享的夏日记忆。熟谙沪上风习的张爱玲写《小艾》，也不忘在主人公艰难生计里宕开一笔，留下几乎可称为“岁月静好”的吉光片羽：“小艾用钱虽然省俭，也常常喜欢省下钱来买一点不必要的东西。有时候到小菜场去，看见卖栀子花的，认为便宜，就带两枝回来插在玻璃杯里，有时候又去买两朵白兰花来掖在鬓发里面。”因这

白兰花。

种生意通常包含三种时令鲜花制品——栀子的花束、茉莉花球串成的手镯和一双白兰花的佩花——都是白色花，都有香，逐渐便成为江南夏季著名的“香花三绝”。白兰花的花期较另两种更长，故而卖的时间也更久，可以从5月一直持续到10月份。但在现今的江南地区，这种农业文明的流风遗韵已经日渐稀薄，巷子里卖花的婶婶、阿太要靠运气才碰得见了。在杭州，这种生意更多地移换到了车来车往的十字路口进行——红灯时，有妇女上前敲窗，呈上铝制饭盒里码放的白兰花，开价一二元钱一对——倒成了新的“都市一景”了，以至于坊间流传着的“杭州各路口经典台词”中，某某高架桥下的台词赫然是：“白兰花，白兰花，要勿要？”这叫卖声不免令许多司机陷入进退两难的境地吧。卖花人退出街巷，是街巷的主顾实在太少了吗？转战危险的十字路口，是生计所迫，还是逐利心切呢？答案或许不是两极之中择其一那么简单。虽然从情感上说，我万分希望卖花人重回街巷，安安稳稳把“香花三绝”的生意年复一年做下去，可是理智上又觉得是不大可能实现的了。

端午处处草木香，不过，真正的主角还是要归于艾草菖蒲之香。龙舟，粽子，香包，餐桌上的“五黄”……端午的一应象征中，我最喜欢看的便是那些提着艾草菖蒲束，走在回家路上的买菜人。五月初一至初五，街面上，巷子里，自家的小区，艾草菖蒲的条枝时时进入视野，提醒着时序节令的推移。经由缓步的老人，骑车的中青年，大人身后的小毛孩，它们从菜市场发散到城市的四方。翻翻日记，有一年五月初五这样记着：

昨天开始，农贸市场和超市蔬果区里，一拨一拨尽是来买艾枝菖蒲的人。这几日街上风景：拎菜篮的妇女、老人，骑自行车的中年男子，都携着醒目的长长的条枝来来往往。这种样子，再浑浑噩噩的人见了，也了然端午到了。

有一年的日记是这样：

五月初一：走去车站路上，往来行人，前后有三位提着艾草菖蒲束。多么熟悉的风景！一年一度，年年如旧。这是杭州让人钟情的地方。

五月初二：今早所见艾草菖蒲数目又非昨日可比。同一楼的人家，不少已把草束贴挂到门上。虽然年年如此，每一年重见，还是同样的喜欢，因此很理解《徒然草》里引用的遁世者说的话："仔细想来，我在世上已经了无牵挂，只对于时序节令的推移，还不能忘怀。"

前年6月初的某个早晨，我坐车经过文二路，在博库书城附近的一段，看到前后相继的男女老幼，刚刚从横路里的小巷菜市上出来，每一个手里袋里都有一把菖蒲艾草的草束。这时我真后悔没有随身带上相机。去年的端午来得早，在6月2号，5月30日我坐早班公车，见前排左边二人握着香草束，右边一人把粽子礼品篮放在座侧过道上。我又为重蹈覆辙懊悔不已。要是带了相机，这正是一个我想拍的理想的场景，充满了"地方性"，也包含着时代的符号。

端午的草束虽然由两种草组成，散发的主味还是艾草香。菖蒲叶气味弱（菖蒲用作香料是取根部）。端午用的艾草，与清明时做馃的五月艾或野艾蒿不同，叶片厚纸质，大而泛白，较那两种同科属的艾蒿更为"香气袭人"。整个6月份，出门，进门，楼道里艾叶香盘桓不去。有些人家甚至把草束挂到了次年的春天，两种草早已变作干褐色，但是看他们还没有丢掉的意思，那估计是要等到这一年端午到来时才会"除旧迎新"了。《山居杂忆》里记载民国杭州的高家过端午，那时艾

上图：买了艾草菖蒲回家的老人。下图：门框边悬挂的艾草菖蒲。

草菖蒲的处理比今日讲究，也更有趣："端午头一天，高庄的朱师傅会拿带根的艾叶和苍蒲各一大把来。端午那天上午，四五十岁的女仆们就做起苍蒲宝剑来。所谓'苍蒲宝剑'就是把苍蒲叶剪成剑状，在近根处再横插一根苍蒲做剑柄，看起来就很像宝剑了。做好以后，仆人们把苍蒲宝剑和艾根一起挂在各门各户上。"带根的菖蒲，应完了节，可以移在小口深腹的梅瓶里水养，不久，叶尖微微干枯卷曲，作为瓶插，要比直条时更具韵味。新的根须很快会长出来。冬日，旧叶枯萎，新叶自根部再生。将带着新叶和长长根须的种根换到竹筒中，置于阳光充足处，春天里一日一变，等新叶到达母枝的高度，便是又一年端午时节了。这是我自己养过后才知道的经验，从此，端午买艾叶菖蒲又多一重乐趣。

杭州的端午，还少不了香袋里散发的中药香。2009年以前，有连续六年的端午节，本地与胡庆余堂齐名的国药老字号——方回春堂，向市民、游客免费发放过节的中药香囊。因此过去端午当晚的本地新闻总是报着，河坊街的方回春堂今日发放了几多香袋，排队的人清早三四点钟候在门口了云云。2008年发放过后，因这种活动"存在安全隐患"，次年起，此种盛况就不再了。方回春堂的端午香袋我家里存着一个，是缀着流苏坠子的小枕包，由花色富丽的缎片做成，一面绣着堂号，一面绣“平安”二字。配料为苍术、艾叶、藿香、白芷、山柰、丁香、檀香、陈皮等。同在河坊街的胡庆余堂，端午也售香囊，还有一种半成品为调配打磨好的香粉包，可以买来填到自己做的香包里头去。

自制香包，我喜欢做一种应景又好看的粽子型香包。用一块长方形棉麻布缝成虎头粽的样子，填料我用杭白菊（食用级），有时候也用上一年晒好的佛手干，这两种是自己比较偏爱的香源。假如选用中药粉来做填料，可以参考下面这个单子（无须齐备，按功效选配需要的部分即可。孕妇忌用）：公丁香、山柰、白芷、陈皮、檀香、艾叶、冰片、苍术、细辛、雄黄、甘松、甘草、肉桂、藿香、川芎、佩兰、菖蒲。此外，茉莉、栀子、桂花、蕙兰、辛夷等，也可以用，气味较淡。这些材料中，檀香等三两种贵些，味也持久。

《山居杂忆》里还提到端午以雄黄酒画“王”：“端午中午，小孩的额上还要用雄黄调的烧酒写一个‘王’字。”看到这条不禁暗暗发笑：作为大人，我也曾经效仿过一回的。起因却与旧俗无关，是某年冻疮发作时，一位医院的朋友教我在端午的正午时分，用雄黄调酒，往额头正中写一个“王”字，同

粽子香包。

时，用这药酒涂抹冻疮高发的部位——据说，这乃是防治冻疮的验方。我听了实在觉得很好玩，也好奇究竟有没有效果，就把这件半年后的待办事项牢牢记在了心里。到了次年的端午，一早我便坐车到河坊街，穿过燃着大堆艾叶的方回春堂大堂，到里面药房买了小包雄黄粉，又在家附近巷子里买了黄酒，回家后，仔细地对着钟点，鼓动全家人照我的指示做了试验。那年冬天，确实不曾为冻疮苦恼，只是，十分凑巧的是，碰上了一个少有的暖冬，因此，雄黄酒方子的功效依然是扑朔迷离。那以后也没再试过画“王”这种颇具仪式感的游戏了。

端午前去看上天竺的白兰花时，经过中天竺法净寺我会停一停，进山门看一眼右侧的厨用空间，那里，每年到了此时，板凳上坐满了埋头做粽子的义工。七八位大姐阿婆，围着一个装满糯米和馅料的洋铁大盆，手脚利落地包箬竹叶的虎头粽、枕头粽。她们用的糯米是预先用酱油浸过了的，填的是香菇素馅，做出来，自然是素粽了。我老家端午惯做白粽，也是枕头粽，敦实厚重，好胃口的壮汉也仅能堪堪拿下一只。一般总是吃不完，末了就切成薄片，用平底锅煎出来，蘸些红糖白糖吃，不但易于入腹，滋味也要好得多了。

本省（浙江）主流的端午食品则推“五黄”。在杭城为这五个“黄”：黄鱼、黄瓜、黄鳝、咸蛋黄及黄酒。有些地方流行在端午当天专炒一个红苋菜，或是作为端午必吃的“十二红”之一种，寓吉利意味。这个菜正是我最爱吃的应节菜。小学时还吃端午的苋菜包，倘若用北方的叫法，即是一个苋菜馅饼，半圆形状，用菜油贴着锅煎出来，油汪汪的，外皮酥脆，滋味鲜美。这种蔬菜馅饼（或合子）我也喜欢吃。在村里住时，苋菜包都是大婶婶做了送来吃，自家倒并不怎么做。

家里在端午做一种“麦花”点心。是把和了鸡蛋和糖水的面粉擀成薄皮，切作小块小块的正方形，平铺在案板上，把右上角往下折，对折成三角。在三角上横着平行切四五刀，不把面块切断——最左边剩一个连缀的直条。再把切好的、连着直条的诸横条，按照顺序，从头一个横条开始扭，往左边水平地扭过去，其后每隔一条扭一条，花样就成了，有点儿像是蝴蝶形状。而后投到菜油锅里炸成金黄色。出来有股子麦香，略脆，味道并不很甜。现在想来，实际上是一种变相的“麻花”吧。其中叠花样的过程对于小孩子最有吸引力——小时候，我还乱捏过“小人”形的麦花呢，炸出来太厚，咬它不动。

自端午始，暑气日增，扇子渐要拿出来派用场。在乡下时，家里用的都是手编的麦草扇。儿时曾留意过这种扇子做

上图和中图：义工包粽子。
下图左：虎头粽。下图右：枕头粽。

麦花。

法：几根麦秆，倚着一条蒲葵丝，不断续接，先是编成长条，再把麦草条一圈圈绕缝起来，在最外一圈缀上染成红绿二色的麦草边作为装饰，扇盘中心缝上一个花鸟绣的圆布贴作为遮盖，最后订一杆前端开片的竹片做柄。麦草扇在绍兴地区的端午旧俗中地位特殊，乃是娘家送出嫁女的端午节礼中必备的一项，亲戚间，也有互送往来。这是我小时候留下的印象，对于现在的年轻一代来说似乎是比较遥远的“古风”了。生活方式在改变，生活的程序和用品，自然也随之发生变化。不过，读陆游的《乙卯重五诗》：“重五山村好，榴花忽已繁。粽包分两髻，艾束着危冠。旧俗方储药，羸躯亦点丹。日斜吾事毕，一笑向杯盘。”榴花，粽包，艾束，方药……依然是同一片土地上让人熟悉的东西啊。因了物种和植被的连续性，今天的我们还可以同诗人一样，在端午的融融草木香中，“一笑向杯盘”。

2015年4月23日

木莲豆腐

以某某“冻”“凉粉”“豆腐”命名的消暑小食，或土菜，原料颇为多样。纯植物类的材料，有爱玉子、白栎、麻栎、苦槠、腐婢（豆腐柴）等等。因原料不同，制成后的食品也呈现多种颜色：或是近透明，或是碧绿，或是浅咖啡色、深褐，乃至近于黑色。这些颜色因是天然生成，关联着不同植物材料并非显而易见的特定属性，使人一看之下，对自然的奥妙，和人的巧智，都能即刻有一种切身的体会。一些不同的命名或制法，则使人领略到不同地域的风土人情。这一类来自乡土的特色食品中，有一味浙江的“木莲豆腐（木莲冻）”，用的是南方常见的一种常绿藤蔓果中的籽，这种藤蔓，在杭州、绍兴、宁波、金华等地有“木莲”的俗称。

从分类学角度而言，“木莲”，非木兰科木莲属木莲（*Manglietia fordiana*），是桑科榕属的薜荔（*Ficus pumila*）。薜荔是常绿蔓性灌木，隐头花序，果实为聚花果。平常所见的薜荔“果壳”，实际上是花托膨大而成的空心肉球。这个膨大的花托，把所有的花都包覆在了里面。薜荔细小的花，便生在花托内壁。经由从果子顶部小孔进入的薜荔小蜂的授粉，雌花结出瘦果，自然，这些瘦果也是结在“果壳”以内的。瘦果成熟后，会把果内“空心”的部分填满。因此，从外表上看起来，薜荔是“不花而实”的，这一点，与同科同属的无花果相同。事实上，薜荔的果子形状也与无花果很相似，只是个头稍异。薜荔的枝条分营养枝和果枝。营养枝不会结果，长的是卵圆近于心形的小叶。果枝上则是椭圆形的大叶。两种叶在外观上差别较大，容易被误认为是两种不同的植物，不过也有共性：叶子边缘都平整，背面都有突出的网纹。不结果的营养枝，节间生气根，这些吸附根十分发达，随处攀缘。大叶的果枝不生根，结实如莲房，周氏兄弟写百草园时都提到了这一特点：“何首乌藤和木莲藤缠络着，木莲有莲房一般的果实，何首乌有臃肿的根。”（鲁迅《从百草园到三味书屋》）“木莲藤缠绕上树，长得很高，结的莲房似的果实，可以用井水揉搓，做成凉粉一类的东西，叫作木莲豆腐，不过容易坏肚，所以不大有人敢吃。”（周作人《鲁迅的故家·百草园·园里的植物》）——木质藤本，结莲房似的果，“木莲”之名，大概

上图：薜荔的果枝（左）与营养枝（右）。下图：薜荔果。

便是从这两点而来的。薜荔果子的形状还另有一比，形成“馒头”系列的别名——所谓“鬼馒头”“水馒头”“木馒头”。也有以功用命名的例子，像是“凉粉果”和“凉粉子”。此外，两广地区把薜荔作为中药“王不留行”使用（异于以石竹科麦蓝菜为王不留行的通行做法）。根据《广东中药志》的记载，拿来药用的是薜荔的膨大花托，也即果壳。

“木莲”“木馒头”“凉粉果”“膨泡树”“老鸦馅”“阴凉籽”“木瓜藤”“石壁莲”“追骨风”，抑或“王不留行”，此类俗名，难以令人联想到薜荔的高古岁月。但是读过《离骚》《九歌》的人，可能会有印象，薜荔是其中现身频仍的瑶花琪草之一：“揽木根以结茝兮，贯薜荔之落蕊”，“薜荔柏兮蕙绸，荪桡兮兰旌”，“采薜荔兮水中，搴芙蓉兮木末”，“罔薜荔兮为帷，擗蕙櫋兮既张”，“若有人兮山之阿，被薜荔兮带女萝。既含睇兮又宜笑，子慕予兮善窈窕”……若是有心，翻阅《红楼梦》也会发现，大观园中的山石多有薜荔披挂，尤其是宝钗所居的蘅芜苑，宝玉题咏的诗中有“蘅芜满静苑，萝薜助芬芳”之句，这“萝薜”也即是藤萝薜荔。而依郭敏《赠芹圃》诗所说，在雪芹本人的住处，也能够见到薜荔的身影呢：“碧水青山曲径遐，薜萝门巷足烟霞。”此处的薜萝，俨然是隐者高士的一种外在象征了。联系雪芹的生平际遇，觉得柳宗元“密雨斜侵薜荔墙”的诗句是正适合挪用于此的。

在西湖边走，常常见到薜荔，攀附在围墙、石块或是树木上。往往把一幕石墙遮得密密实实，或是附上高耸入云的水杉树，缠绕着，一直攀爬到枝顶——这在其他藤蔓是不大见到的，比如络石、扶芳藤与常春藤，总是爬了一段就歇了。这种植物，无论老幼都给人以“年深日久”的印象。其叶片的颜色，即便初生时也没有那种鲜艳嫩绿的风貌，此后更稳稳地长成带灰黑底子的绿，而且总感觉缺乏水分，像是凝固了一般的。当它暗色调的藤蔓爬过暗色调的山石、树干，真很不容易引起注目。只有在雨落着的时候，叶面为雨水所覆，才会同其他木叶一样折射出鲜洁的亮光来。

六七月份，大叶的薜荔藤悄悄挂上了浅青色的果子，七八月份，现出累累的样子，是收获的季节了。一个秋天，我在郭庄围墙外面拍花窗，无意间抬头往顶上一看，数十个乒乓球大小的木莲青果，缀在暗黜黜的枝条上，不动声色地从墙头探出错落的两三排来。我看了好不惊喜，又有点遗憾，因为走过的人中，会看到这些果子的恐怕很少，知道它与南方人生活的关

上图：缠绕在杉树上的薜荔。下图：薜荔果枝从屋檐垂挂下来。

联的，恐怕就更少了。对这种果子感兴趣的本市居民，夏天可以试往栖霞岭的住家小院，西湖蒋庄，虎跑，杭州花圃，还有黄龙洞民俗园的竹园里走走；在这几处地方，我曾见到过数目不一的木莲果。不过，因这两年不大留意，不知道藤蔓是否经过清理了。什么时候能听到城里的朋友分享关于木莲果的邂逅与经验呢？以下先把个人试做木莲豆腐的所得作一梳理，权作抛砖引玉之用。

印象深刻的，新鲜木莲果从植株上摘下来的当刻，有白乳液从断口涌将出来，令人猝不及防。因为是雌雄异株的植物，木莲结果有两种类型，对应于志书上的描述，分别为“瘿花果”和“雌花果”。成熟的瘿花果，外皮褐色或紫红色，梨形，顶部截平，果柄朝上放时，有一种敦实的“坐姿”；而雌花果顶部近球形，中心略显尖凸，成熟颜色转为偏黄绿。瘿花果剖开后，老的果肉里能闻到类似茉莉花的香味；嫩一些的瘿花果，絮状果肉里会渗出些乳液来。与雌花果相比，瘿花果的果壳（眼睛看到的“果肉”部分）较厚，在一段时间内，果子内部是“空心”的，内壁红色部分为瘿花，顶部孔口米白的部分为雄花。红色的瘿花成长之后，末了也会跟雌花结出密密细子般的，填满果内“空心”的部分。《本草纲目》说木莲果

上图：瘿花果和雌花果。下图：瘿花果和雌花果的内部差异。

有这么几句："六七月，实内空而红。八月后，则满腹细子，大如稗子，一子一须。其味微涩，其壳虚轻，乌鸟童儿皆食之。"从涉及的果子内部的颜色与变化、果期以及果子功用几方面来看，我总疑心这里说的只是木莲的瘿花果，因为雌花果内壁的雌花，及结出的瘦果，都是淡黄色的；而可供榨取果胶做凉粉的，也只是雌果子，瘿花果没有这样的功用，引文里也不曾提到凉粉。

具体来说，木莲豆腐是如何做成呢？不同于一般植物志中"瘦果水洗可作凉粉"的使用注解，《海南植物志》的薜荔条目末段说的是："……当地群众常榨取其果汁，和米浆共煮，冷却后，凝成白色胶状物，称为白凉粉，和以糖水，为夏季清凉饮料之一。"这种用果汁与米浆共煮的方法，与通行的用雌果中籽粒（瘦果）搓洗，得到胶质，再凝结而成的做法，有所区别，希望将来有机会验证一下。

摘来雌果后，我用布袋装住挖出的木莲籽，浸泡在冷开水中片刻，而后把布袋就着水碗揉搓挤捏，慢慢把籽粒里头的胶质挤出来。这个步骤的难处是，起先不好掌握掺入的水量。掺水过多的话，胶质不易凝结；掺得少了，又会结得太厚，影响口感。不过其中的分寸，试验一两次也就有数了。

胶质挤完，加以过滤，去除杂质后，是否等于大功告成，可以放入冰箱冷藏，坐等其凝固了呢——却是万万不行的。制作上还缺少关键一步，假如止步于此的话，便是等上三天三夜也等不出结果来。这里的讲究是：用凉开水混合胶质的话，必须加入凝固剂，如石膏，野藕粉，甚至是含钙的中华牙膏，让它们化出水来，“点胶成冻”，助上最后的一臂之力。以前乡下专用的凝固剂叫作“水滴拢”，我没有见过，猜测也许是跟石膏成分相近。我把做木莲豆腐的过程贴出来后，朋友海风留言说：“我家邻居公公擅做这种凉粉，做完各家分一大碗。他家后面的墙上也有很多薜荔，不过他每回做，原料都要去别处采。他似乎是用井水直接点，我们那里的井水有点滑滑的，估计是含钙之类，与用石膏点异曲同工吧。”想起周作人也提到“用井水揉搓”，这才知道原来是极重要的细节啊。

周作人又说木莲豆腐容易坏肚，因而不大有人敢吃。这却与我的印象不一样。在我，这个东西可是小时候伙伴们“趋之若鹜”的美味啊。大太阳的暑天午后，蝉鸣声中，一切皆在怠惰，忽然听到沿村售卖的小贩的吆喝声，“木莲豆腐欸——木莲豆腐——”像是一阵清风拂过，百无聊赖的我们小孩的精神顿时为之一振。这时候承蒙家大人慷慨地赐下一点零钱，我们

上图左：搓洗瘦果得到胶质。上图右：胶质过滤后。下图：做好的木莲豆腐。

把一只蓝边汤碗捧上，纷纷凑到那标志性的红漆木桶前。小贩从桶里舀出来木莲豆腐，冰玉一般，又往那冰玉的面上，添加一点助味的薄荷水与红糖水。我们就用调羹舀着吃开了。我喜欢看调羹触到“冰面”时，原本大块的木莲豆腐似乎“喀嚓”豁成小块，而实际上一丝声响也无，有种很微妙的感觉。极清凉极嫩滑的木莲豆腐，入口即化，简直是像吸着一样地飞快吃完了。闹肚子的事情，印象中是没有听说过。难道是因为制作时的卫生标准提高了，还是我们都还没有吃到要坏肚的量呢？

清凉爽口的木莲豆腐，曾在南方各地风行，虽然名字未必相同。它与台湾有名的爱玉冻堪称“孪生姊妹”。爱玉冻的原料爱玉子（*Ficus pumila var. awkeotsang*）是薜荔的变种，不过据说爱玉子的瘦果含胶质更为丰富，那么做起来大概也比木莲子容易些吧。木莲豆腐以外，江南还有两种比较特别的“豆腐”：一种褐色的“柴子豆腐”，利用的是壳斗科栎属某些树种结实富含淀粉的特点，秋天收果后，把去壳的果实浸泡、除涩、磨浆，澄清出淀粉，淀粉晒干再碾作细粉，来年夏天便可与水调和，煮沸成柴子豆腐了。这“柴子”，是山村人对白栎、麻栎等栎树果子的土称。另一种绿色的称作“观音豆腐”（我老家叫“叶叶糊”），以马鞭草科豆腐柴

（即腐婢、观音柴）叶为原料，做法与木莲豆腐同，只是木莲籽换作豆腐柴的青叶，而凝固剂换作草木灰汁水便是了。“柴子豆腐”与“观音豆腐”，不止是做凉粉零食，也可以像是真正豆腐一样的当菜来烧。

如今市售有冲泡型的黑白凉粉，原料不同，虽然方便，尝过以后我感觉有点腥味，与木莲豆腐等不堪相比。木莲豆腐也远较这种白凉粉通透、薄脆。夏天杭州超市所售工厂制“木莲豆腐”，封在透明的塑料杯里，从外观上看，也没有真正木莲豆腐莹亮剔透的质感，我猜测也许是以琼胶类代替薜荔子做了原料。印象中唯一与小时候口感接近的，是清河坊一家饭店所售的“阴阳石花”，透明与黑色两种凉粉杂拌，其中透明的那种，吃着能令我想起我们的木莲豆腐来，不过这家店在数年前关门大吉了。幸运的是，现在可以网购到晒干保存的木莲籽，所以对于没有木莲果子可摘的忆旧者，想要重温儿时之味毕竟不是一种空想——虽然，关于木莲和木莲果，我认为实地的亲近与多方位的体验，会更有助于重建这种植物与我们曾有的关联。

2010年7月31日

牵牛花

6月份的时候，我从图书馆借了本老书——《牵牛花》，是日本白桦派作家志贺直哉的短篇集，由楼适夷翻译，湖南人民出版社1981年出版。读完后心折不已，给朋友看，朋友也着了迷。可惜此书已经绝版，想要收藏却有点难度了。

碰到这本书可谓偶然。只不过是自己喜欢牵牛花，新的花季到来时，在图书馆网页上用花名作主题词搜索，搜到了它，好奇地借回来看看而已。薄薄的一册书，分小品和小说两辑。头一篇的名字拿来做了书名。

过去自己也种牵牛花时，特别热衷收集写这种花的文字，像郁达夫在《故都的秋》里边，点评牵牛花色与秋意，寥寥几笔，一下吸引了注意，现在还能够记得，而其余部分就不大说得上来了。印象深刻的，叶圣陶有一篇六七百字的短文，也叫作《牵牛花》，写他自己种植的经历；不知是否因为同好的缘故，我看了觉得特别有味道。从《舞台生活四十年》得知梅兰芳是一个栽培牵牛花的高手，书里有专门一节回忆种牵牛赏牵牛的文字（也题为《牵牛花》），洋洋洒洒的，其中说到他们一班因花而聚的同志，不少是文艺界的前辈，“这里面要数齐先生（白石）的年纪最大。每逢牵牛花盛开，他总要来欣赏几回的。他的胡子留得长长的，银须飘逸，站在这五色缤纷的花丛里边，更显得白发红颜，相映成趣。我们看了都说这是天然一幅好图画，也就是当年我的缀玉轩里的一种佳话。北京有一家南纸铺，叫‘荣宝斋’，请他画信笺。他还画过一张在我那儿看见的牵牛花呢”。两年以前，我在浙图古籍部翻阅荣宝斋印制的《北京笺谱》，忽然翻到一张齐白石的蓝色牵牛花笺，上面题着：“梅畹华家牵牛花碗大人谓外人种也余画此最小者”，不正是梅兰芳文字的一个印证吗。我把这幅照下来，看了又看，真是意外之喜啊。

对于喜欢种牵牛花的人，我总抱有额外的好感。那些种植体验的记叙里，充满着“独家之秘”一般的新鲜东西。有时是一段和美的共度的岁月。有时是一些实在的日用经验。比如志贺氏的文章开头说，“我从十几年前以来，年年都种牵牛花。不但为了观赏，也因它的叶子可以作治虫伤的药，所以，一直没有停止。不但蚊蚋，就是蜈蚣黄蜂的伤，也很有效。拿三四

齐白石所画的蓝色牵牛花笺。

枚叶子，用两手搓出一种黏液来，连叶子一起揉擦咬伤的地方，马上止痛止痒，而且以后也不会流出水来”。

一般关于牵牛这种植物的介绍，提到其黑色种子（即中药里的“黑丑”）的时候比较多。而叶子的药用，在我的印象中是没有看到过。志贺氏这短短一段，包含其使用的范围、方法、效验如何，详备确凿到这种地步，非亲验不可能有的。我在查资料时也时常碰到说，某某草具有这等那等的功效，“清热解毒，消肿止痒”云云；实际上往往流于泛泛，缺乏语境与限定，过耳过眼后，不免将信将疑。相形之下，志贺氏的现身说法则有力得多。使我不禁盼望着蚊虫光降，以便即刻取牵牛叶子来验个真伪了。

不巧的是，这个夏天一直为罕见的高温所控，连蚊子也在室内绝迹了。到了9月初，开学的季节，我一边可惜着，“今年没法试牵牛叶子了”，一边想起了久违的校园来。往年的这个时候，自己已在杭州回北京的火车上了。清晨，火车进入河北地界，轨道沿线丛生的圆叶小牵牛，开白的、蓝的、粉的花，一蓬蓬贴在黄土地上，从窗户框里一帧帧地飞逝。自河北境内至北京郊区，牵牛的花朵简直数不胜数。默坐于窗前，眼睛随之转移注意，这样要一直看到黄土的地面消失不见为止。

小的时候在老家村子里，其实倒没见过多少牵牛花。印象中不过零星几次，是晨曦之中盛开的蓝朵。那种娇贵的姿态留下的惊艳，不妨说就是我喜欢牵牛花的源头。我去北方之前，全没想到北地的牵牛花型与数量能够如此丰富，眼界为之一开。秋季开学时，在学校里，时时就见着了牵牛花。学校的南门外墙有一段铁的栅栏，里头一溜空地，野草杂生。栅栏内外沿墙的部分，便成了牵牛的乐园。现在回忆起来，就在这一段数米的围墙上面，所见过的各种牵牛花色都已齐备了。缠绕其上的有一种我最喜欢的，称为Milky Way（银河）的圆叶小轮牵牛，花色洁白，直径不超过六厘米，带有紫色、紫红色、浅粉色或玫红色的星纹。看到Milky Way，附带想起那著名的“牛乳路”的误译，同时琢磨着这个园艺品名的来由：是白底子和彩色星纹的搭配让人联想起银河与闪耀的群星吗？

第二年夏天，我就按捺不住种起牵牛花来了。从西门外一家相熟的花店买了小包种子，并一个当时感觉价格颇昂的紫砂花盆。宿舍在一楼，我的床位恰好靠窗，其他几个室友对侍弄花草兴趣不大，因此我一人便独占了窗台，从入学第一年起，陆续添置各式器材，开始我的从种子到花朵的栽植岁月。6月时，宿舍楼前草地上，浅粉的打碗花接连开出来了。相对艳丽

牵牛。

的田旋花，开在楼的西侧。从房间里走出来去食堂吃饭，看到这两种牵牛的近亲相继盛放，而我的牵牛已经自动把新生茎叶缠绕到窗户的铁条上了，不知什么时候可与它们遥相呼应，不知会开出什么颜色的花。在一种散漫的期许中，牵牛的藤蔓上，渐渐结出几个冰激凌似的花苞来。花苞成形以后，从顶端透出的颜色一看，很可喜，是理想中的蓝色花。

一天早晨，仿佛预感到了什么，我从半醒的床上探出脑袋，撩开窗帘，瞧一眼窗台的栏杆。背着光感觉到了绿叶中两团鲜明的蓝色。天已经亮了，四围俱静，这两个蓝花朵喇叭口朝外，十分饱满地依在栏杆边，带着少年人一样的青春精神。这就是从自己手里开出的最早的牵牛花，是最普通的裂叶牵牛。随着时辰推进，花色从纯正的浅天蓝逐渐转深，最后以蓝紫色谢幕——牵牛花的颜色会随日照、温度、土壤的酸碱、花开的程度而有所变化，这在养过牵牛的人都知道的。

这一年秋季入学后，阴差阳错地，我开始了每周两次到另一学校教课的兼职生涯。这个工作自非美差。每堂课上完以后，如释重负，我往往提早一站下车走回学校，因为路上有各式的牵牛花可看，也可顺便收集些种子。在这段路上，我见到一朵蓝紫色带着白边的大花裂叶牵牛，花径超过了12厘米，是

牵牛。

当时所见最大的牵牛花了。它的生境可说是很龌龊的，也许正是这种环境提供了优质的养料。

这样到了12月中下旬，忽然接到导师指派的任务，去协助学校的一个项目，每晚在熄灯时间才回到宿舍。回去以后还要开起台灯，再办会儿公，次日继以早起。每日的睡眠大约只得五小时。一个星期下来，感觉已是强弩之末。最后一天恰逢圣诞节，上午我跟项目组告假，照例去兼职的学校上课。站在讲台上说到中间，无来由地，脑子里竟成一片空白；思维的机器停止了运转，再没有词汇可以供我使用了。如此静默了数秒，我才强行把“机器”重新启动起来，用了几个句子补上了空档。好在补救得及时，这堂课得以平安结束。这一天，项目组的工作完结之后，回到似乎久违了的宿舍，没有其他人，我在书桌前坐着发了会儿呆，打算爬上床去躺下，这个时候，发觉靠窗的床头有些异样：一朵紫红色大牵牛花停在那儿。是早先种下的大花牵牛，在这个节日的下午寂寥的房间里，热烈地开了一朵。也是这盆花的第一朵（所以实际上，牵牛开花并不一定都在早晨；不同的光线与温度条件下，开花的时间并不固定）。赠送种子的花友曾留言说，这个品种的牵牛生命力极强，即使冬天下种，在暖气屋里也照样可以开出花来；无论土

紫红大花牵牛。

牵牛花灯。

壤过干过湿，都不大受到影响。那时对于种花什么都愿意尝试一下，便有了这第一盆的反季节的花。我用一根细绳特意把长长的藤蔓牵引到床头来，方便时时查看，也为自己的小床增添一点风姿。因忙于工作，实在有好些天没照管它了，想不到却得到这样大的回报。这是我种牵牛花最不能忘记的一幕。

现在算起来已经有四年没再种过牵牛花。只是还保持着看花和拍花的习惯。有一年牵牛花季，我在家附近的一座桥脚，看到发着幽光一般的裂叶蓝牵牛，盘绕在灌木表面，密密的一层。次年再去，却是无影无踪了。紧挨着我们小区的居民楼里，有一位中年人，每年在楼下围墙边上，种一排开起来很壮阔的牵牛花。这个品种的紫红花有天鹅绒般的质感，不惧烈日的昂扬的生命力。花开时，我常端着相机在墙边盘桓。一次竟把花主人也从楼上引了下来。特地过来与同好打招呼的牵牛主人，谈起了花种很是自豪，末了慷慨地表示，花墙上结的种子，尽可以随便收。我也没有辜负他的雅意，不客气地前后收集了不下五百颗。去年，例行再访那排花，结果却是大感意外：这片我以为可以年年长相见的花，也不知怎么地消失了。没有办法，去年秋天我就做了一盏牵牛花的灯，过过眼瘾。

2013年9月9日

染色笔记、染色试验

上个月和梅姐聊天，听她抱怨梭罗*Wild Fruits*中文版的译文（新星出版社的版本），我也借了来看，每天睡前翻一翻。到《美洲商陆》篇时，眼前一亮，看到了这几句："商陆果酸酸的汁可以当墨水用，买的墨水无论蓝的红的都没它好用。9月将尽，这些只有三分熟的果子往往会带点苦味。"（第200页）因为对植物的日用格外感兴趣，从此处就读出了"食""色"两种用途。看起来，美洲商陆果似乎可以食用，至少作者是尝过的：酸味，未成熟的果子带苦味。这一点，跟先前经常看到的"美洲商陆全株有毒，根和果实毒性最强"这一信息抵牾。查了维基上的美洲商陆条目，的确有食用的记录，还不仅仅是果子：Although the seeds are highly toxic, the berries are often cooked into a jelly or pie, and seeds are strained out or pass through unless bitten. Cooking is believed to inactivate toxins in the berries by some and others attribute toxicity to the seeds within the berries. The leaves of young plants are sometimes collected as a spring green potherb and eaten after repeated blanchings. Shoots are also blanched with several changes of water and eaten as a substitute for asparagus. ...The cooked greens are sold commercially in the South, but any food use of the plant is controversial because of toxins in the plant。在指出美洲商陆毒性的基础上，这段资料列举了商陆果、叶的食用乃至售卖情况；尽管末尾提及这种植物作为食品是“有争议”的，读下来还是令人感到疑惑：这是什么原因呢？国内的新闻中，因误食美洲商陆根、果、叶汁而中毒送医的国人，为数不少；那边厢，友邦人士却言之凿凿，提供了花样迭出的食用示例……细看维基资料中关于用途的部分，果然对美洲商陆的食用给出了明确的限制，其一是食用的部分需经过恰当的处理（以去其毒性），其二则做出了“根部绝不可食用”的提醒——这与志书上商陆“根有剧毒”的性状相吻合。此外，美洲商陆的浆果，与其他部分不同的是，未熟时相较于成熟时毒性更强，熟果的毒性反而较小，少量食用并无大碍。如此一来，倒也正可以解释梭罗尝果得出的不同口味。而在“色”用的方面，根据梭罗的经验，美洲商陆果汁可以作为颜料（墨水）使用。由此推测，我想也大可以尝试作为染料吧。

因美洲商陆在江南一带是遍在的杂草，意味着取材之轻易，我对染色试验就很是跃跃欲试了。

我的设想是用美洲商陆果汁来染布。植物色素用于织物印染，在天然染料应用中是一个常见的方向。不过染布以前，有一个植物色素用于食品染色的例子值得先提，是浙地立夏风俗中的乌糯米饭（青精饭）。

今年的十一假期，我随家人去浙东的山村里玩，恰好见到乌饭树这种灌木——也即是用来给乌糯米饭染色的材料。从乌饭嫩叶里榨出汁液，能把米粒染成不褪的深蓝色，这种应用法由来已久，乌饭即青精饭亦是唐宋时即已见载于书籍诗文的山家清供。乌饭树结黄豆大小的紫黑色果子，可以生食，味道怎么样呢？却是各有说法。我在这一回上山以前还没有尝到过的，正想借此机会一探究竟，可惜10月初的果子还发着硬，是未熟的青绿色。同行的村里人告诉说，霜降以后，果皮转成紫色，那时再来便能一饱口福了。乌饭果也被叫作“乌饭”或“乌米饭”，周建人在上个世纪30年代写过吃它的经历，文中对乌饭树性状的猜测大致不差：“它的叶子当作长椭圆形，尖端很尖，基部圆形，缘边略有锯齿。叶有柄子，互生于枝上，冬季脱落的。它应当开五瓣的白色花，花瓣很狭细（注：

乌饭树果子。

实际上是筒状花冠五浅裂，非五个花瓣）。它不但果实可食，树形也很美丽的。”不过，“乌米饭是蔷薇科中之一种，是没有疑义的”——这一个断言并不符合实际，其实倘若看过实际的花形，便可以知道这种树并没有蔷薇科的典型特征。志书上，乌饭树是归到杜鹃花科越橘属，学名*Vaccinium bracteatum Thunb*。许是因为山珍太多的缘故吧，我看山里人家对这东西好像不以为意，想想也符合常情，抛开功用不谈，从样貌来看，它的花果个头较小，虽在我这个花草爱好者眼里显得可爱，于莽莽山林之中却不是容易引起注目的类型，而无花无果时，就更加一副泯然众木之状了。我虽然已经用过几次它的叶子，一到了山中，对于准确定位依然不大有把握。所以此前有一年5月，趁着乌饭树进入花期，我还特地爬上余杭良渚一座小山，四处找寻，结果那边大概是没有生长，无功而返。倒是曾在老家山上见过其他越橘属植物的同等可爱的花，也是铃铛状白色花朵缀成的一小串。再后来有一年春天，终于机缘巧合，同朋友爬北高峰时见到了乌饭树的身影。

我最早知道这种植物，还是2006年读《山居杂忆》那时候。此书的作者高诵芬出身民国时期杭州城的望族。高家有一园林，与西湖蒋庄对望，名曰高庄，除临湖的地利足以生养莲荷菱藕以外，庄园中还专辟菜园，种植节令需用的特殊菜果，譬如端午时节的菖蒲、艾草，用于制作桂花糖的桂花等。而立夏所用的“青精饭叶子”（乌饭叶），也是高庄四时物产之一。

立夏之时，采集乌饭树嫩叶，揉碎后以适量水浸汁，用布袋或淘箩盛住糯米，在汁水中浸泡一夜，至米色变蓝黑，而后把糯米漂洗、蒸熟，便得到清香可口的乌糯米饭了。我从《山居杂忆》里学得做法，很是欣喜，虽然自家没有出产乌饭叶的园地供货，但好在家附近的菜市场里，每逢立夏节前几天，总有本地菜贩摘了山上的乌饭叶捎带着卖，因此取用也是很便当的。几年下来，很自然就养成了立夏做乌米饭吃的习惯；给糯米染色的过程，更有一种非亲历难以体会的趣味。后来看到壮族、布依族的“五色米”习俗，操作相近，只是植物染料变为枫香叶（染黑）、红蓝草（染红、染紫）、黄栀子果、姜黄、密蒙花（染黄）等。制作这类彩色饭时，糯米浸泡的时间长，往往在九小时以上，糯米本身的营养恐怕大受损失了，但是染色植物特有的颜色、气味与功用，为米饭所得，因此彩饭在民间一向受到推崇是不奇怪的。

头一次做乌糯米饭时，我还不懂得要在取汁的步骤戴上手套来防止染色，等把叶子揉完以后，指尖和指甲都已灰黑一片，这些色痕直到一个礼拜过后才逐渐褪去。乌饭叶汁染色能力如此之强，自然我也动过用它染布的念头。可惜，当时同样缺乏染布经验的我，也不知道固色的道理，只把一块白麻布浸在汁水中便罢，次日检视，麻布上仅是留下了淡淡一点灰褐色。其后，查资料得知，乌饭树树叶中的色素“对蛋白质、毛发、淀粉、白醋以及色拉油着色能力良好”，“在酸性条件下色素的稳定性高”，相当于提示了使用的范围及条件，下一次乌饭叶上市时，就可以试试这里面的种种可能性了。

有意染布，从9月底开始我便做起了功课。先是从美洲商陆入手。在名为“戈壁滩”的新浪博客上发现一个小朋友的心得，提到商陆的红果汁把手指染红后，几天洗不去；工作台被果汁染上的斑迹，用湿布竟也擦不掉；保存了4个月的商陆果，用来在纸上写字，而后手指用力擦，同样也是徒劳。令我想起我自己的在线相册里，曾有网友留下过“用这个果子染红指甲”一类的评论，想来还会有不少殊途同归的发现者。而美洲商陆染布的实例，其后也在网上亲见了。最大的收获，莫过于从一位业内人士的天然植物染色博客上，看到了多种取材于身边的草木染的实践，使我豁然开朗：原来平常所见的大部分草木果物，从吃完丢弃的果皮果壳，到园林工人整枝时修落的树枝树叶，都可以拿来作为染色的原料，区别只是在于染成的颜色、效果、持续性和安全性。明白了这一节，我便把美洲商陆果暂时搁到一边，即刻把那个在心底潜藏已久的、用鸭跖草花瓣染蓝的想法，摆到了优先位置上——毕竟，染蓝和染绿，这两项是所有染色中我最感兴趣的。国庆时，趁着回乡的机会，得以搜集到鸭跖草花这种城市里不易大量获得的材料。

说到鸭跖草染色，数百年来，因日人在其民族染技“友禅染”，及浮世绘锦绘中对此花颜色的利用，声名远播，俨然便成了日本特有之用。以装置及应用艺术闻名的维多利亚和阿尔伯特博物馆（Victoria and Albert Museum），网站上有一篇关于浮世绘的研究文章，对鸭跖草花色素提取的过程是这么描述：The colorant was obtained from petals of modified (plant breed improved) dayflower, aobana (literally blue flower). Collected petals are squeezed and then the blue liquid (colorant) is applied to a paper, which acts as a carrier for the colorant. This paper carrier is then called aobana-gami (aobana paper) or ai-gami (literally blue paper)。根据这位研究者，由于鸭跖草花蓝色素特殊的生物构成，存储着蓝色素的蓝纸，一经水汽，蓝色会完全从纸上转

上图：鸭跖草。下图：鸭跖草花瓣。

移，随水而走，在移转的彻底性上迥异于其他色素，不会在纸上留下任何痕迹。作者又紧接着提到：Past descriptions of the use of dayflower as a dyestuff would seem to indicate that it can withstand a high temperature. The blue colour is also stable in its dried state——耐高温、干燥状态下颜色稳定，这两条性状是很鼓舞人的信息。

从邻家菜地边的小坡上摘得足够的鸭跖草花以后，我从花瓣中挤出纯汁，把待染色的几条花边浸入碧蓝的汁液中。染色之初，花边是与花色接近的蓝。氧化后的次日，转为孔雀蓝。数天以后，一时昏了头，不知怎地想着要去查验色牢度，做出了把花边放到水龙头下搓洗的愚蠢举动，大条花边上的色素便多数被冲走了，只把几条小花边挽救了下来。

后来再经水，小花边上的颜色依然要掉，只是不那么容易掉——这也许跟棉花边的质地（如纤维的粗细）有关。色牢度也跟成品放置的时间有关。如果要勉强作一经验总结的话，我认为用鸭跖草花染色，首要的是染成物在至少半个月内需得避水。此外可以试验的是不同织物着色的效果、染色过程中不同固色剂的运用和蓝色素对高温的反应。我很好奇前人究竟是否有过鸭跖草花染织物的实践。以常理推断，如此显眼而独特的蓝色，敝国人民难道真是从来视若无睹，没有动过利用的脑筋吗？我是不肯就此死心的。假期回来后又做了一番搜寻，找到了以下几条，可惜还未能发现详尽有效的染布法：

1.“……中国的鸭跖草等青绿染料的染色技术也在唐代以前传入日本，蓝染、黄染以及青黄复染技术与日本的交流更是极大地促进了日本染色技术的发展。”——郑巨欣《浙江传统印染手工艺调研》，《文艺研究》2002年第1期。

2.“建国前……县城、孔城、大关、枞阳、练潭、青草塥、汤家沟、老梅树街等集镇有私营染坊，以栀子果、鸭跖草、茜草根等植物浆汁和窑烟染衣染布。”——《桐城县志》第七章第二节，黄山书社，1984年。

3.“土人用绵，收其青汁，货作画灯，夜色更青。画家用于破绿等用。”“花盖片的青色液汁，可供绘画的颜料。”——《花镜》解“淡竹叶”（即鸭跖草）

4.“巧匠采其花，取汁作画色及彩羊皮灯，青碧如黛也。”——李时珍《本草纲目》，刘衡如、刘山永校注，华夏出版社，2013年，第716页。

上图：鸭跖草花汁。下图：鸭跖草花汁染成的颜色。

鸭跖草外，我试验了美洲商陆果实、紫草根、茜草根、杭白菊、新鲜紫苏叶、新鲜艾草、新鲜丝瓜叶、海桐叶染色。其中，海桐叶煮水后气味刺激，艾草的分量过少，都中途弃用了。以下所染，都以水为溶剂，盐为固色剂，染色次数一二次不等。工具则用的是不锈钢锅（用于煮染液）和筷子（不时搅动布料，使着色均匀）。

首先便是原产于北美洲的美洲商陆（垂序商陆）。这种果汁染布，开头并不知道染成后布的安全性如何，因为不了解商陆果汁是否对人体皮肤有害。后来看到《西北农业大学学报》1998年第4期上面，《商陆果实色素性质的研究》这篇文章的摘要里说："对商陆果实色素提取物进行光谱和耐酸碱性、耐光热性及耐氧化性试验。结果表明，该色素呈紫红色，吸收高峰为523nm，水溶性好，对碱、氧化剂不稳定，耐光性较差。但对酸、热稳定性高，可作为一种食用色素使用。"既是可以作为食用色素使用，想来高温加热后对皮肤也不致产生伤害，安全性这个疑虑就算是放下了。

美洲商陆果实染液是极鲜艳的紫红色。需要注意的是，布从染液中捞出后，不必放到流水中冲洗，直接晾至半干（避免曝晒），再加以熨烫，即可存色，最后成浅紫红色。当然，颜

上图：垂序商陆果。下图：商陆果汁染成的紫红色。

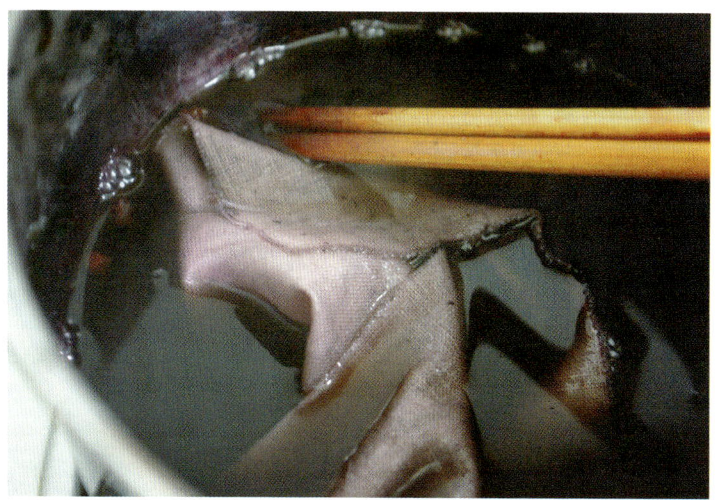

上图：紫草根和茜草根。下图：紫草根汁液。

紫草根两次染色对比。

丝瓜叶染成的黄绿色。

上图：紫草根染成。下图：茜草根染成。

上图：紫苏、杭白菊染。下图：几种草木染一览。

鸭跖草花汁、紫茉莉花汁、垂序商陆果汁染宣纸。

色的深浅取决于染液的浓度。最好是将果汁过滤后再染，其他材料也是一样。

茜草根和紫草根，以及黄栀子、黄檗、姜黄、苏木等传统染料，可以在中药店买到。明矾、青矾等媒染剂，可以到化学用品店去找。碱液是可以自制的，通过燃烧枯枝败叶来得到草木灰。

紫草根染我试了两次，头次是用酒精浸泡一夜后再煮染，得到了较为纯粹的浅紫色。后一次水浸，染液浓度高，染出来偏紫红色。染成后的布，色牢度比较好。在棉布上着色更好。

茜草根染的体会是，很容易着色，且在麻布上的着色效果更好。色牢度也好。这次试验的布染出的是一种浅旧的红。

用丝瓜叶染出了黄绿色。丝瓜叶也是一种比较能够“出色”的材料。容易着色，如果有明矾可能效果更好些。

紫苏和杭白菊染出的颜色相近，都是淡黄色系。紫苏所出的色很有味道，煮染时气味也很明显。

也用宣纸代替织物做了试验。用鸭跖草花汁染出了很纯正的蓝，是在花汁中加了水之后再染。自家所种的紫茉莉的花汁，取来染了紫红色，再用冲淡的美洲商陆果汁，染了极浅的紫红色。染色后的宣纸，干燥后，用水笔在上面写字是毫无问题的。

试过便知，用植物染色，操作不可谓不简单，原料亦是随处可得，如前所述，大部分身边所见的材料都可加以利用。然而另一方面，每一个基本色，总是有一两种效果特别突出的、具有代表性的植物原料。此类原料无须外求，前人早已做了总结，那便是随便翻开一本染事书都必然看到的那些名字：红花、苏木、皂斗、黄檗、姜黄、栀子果、槐米、靛蓝、茶……

由以上染色试验得出的另一条体会是：假如有记录表明一种植物“可以”染出什么色，并不代表试验者的操作必定能成功。事实上，许多颜色的染成，需要较为精确的“配方”和条件，又也许有两种或多种植物的参与，比如染绿方法中的黄檗加靛水。黄色、黄绿色、茶色、紫红、砖红，这几样是最易染成的，适合初学者一试。

2010年10月20日

小巷食事

我是要到家附近的小巷去坐车的。这条巷子，头尾三个公交站，可达多数我去的地方，故而除了节假日，是每天的必经之地。12月初有几天，我要赶最早的车去拍湖面的晨雾，便在巷子里买早点，等车的时候也许有时间吃。靠近我家的这一头，上月新开了间灌汤煎包店，曾买过一次豆腐包和萝卜丝包。那只豆腐包很好吃，即刻收服了我的胃。韧韧的皮，咬开来，嫩豆腐拌着少许辣椒酱，隐隐有点汁，蓄在豆腐碎块之间。我在家里几口吃尽，只感到更饿得狠了。如要再下楼去买，却又提不起精神来；只好放任那饥饿的幽灵独自徘徊。受着此种新鲜记忆的驱使，次日清早，我不免又走到店门口去，递上三枚硬币给笑脸的店员，“来两个豆腐包……”

煎包店的斜对过是老资格的小朱早餐部，来此做生意已有六年之久。门脸十分之简陋，不过两排条桌，几摞蒸笼，两只汽油桶改装的土灶而已。经营甜咸七种包子，一种极受欢迎的煎饺，并豆奶、油条、花卷、刀切馒头，东西便宜而好吃，因此，铺面前一早上总排着长长的队。这样的店铺可谓是寻常巷陌的标配，可以融入这里的生活，变成巷陌人家的一分子。如我这般并非常客的路人，到了下一个早起的日子，也鬼使神差地，弃了煎包，转而光顾它家了。我的前面排了两个民工兄弟，打包了十几个馒头包子，一阵风似的走了。等候的间隙，我已想好了要一个白菜粉丝包，一个豆腐包。这两种包子，他们都做成带有一点辣味的，冬天吃起来颇有助于驱寒。包子到手，热乎乎地揣着走。

天不冷，又不赶时间的话，在巷子里吃完早餐，是很闲散的事。我乘车的车站旁边，另有一家连锁包子店，有时候我在那儿买吃的。春天外地朋友来玩，我们约好在公交站碰头，就近从这个店买了紫米粥、南瓜粥、豆浆、青菜香菇包和梅干菜包，拎到不远的河边公园里去吃。我们在一个槭树掩映的亭子里面坐。亭外，隔着初绿的柳条、杉林、步道，是流淌的春水。一边笑谈一边吃，很快就吃得完完的了。由于平常都在家吃早饭，这样的不多的外食就觉得格外有意思。

12月25日早间，我想再去这个小铺买紫米糕，才发现一夜之间关闭了。有点惊诧。走到与车站平行的、住宅区的绿化带边上站着等车。抬眼看到一栋五层楼的三层、二层窗口，各有一位老人，三楼的老人晒被子，二楼的老人正把一只只酱鸭次第挂到露天晾衣架上。酱鸭、咸肉、香肠、青鱼干，是本地人喜欢的腌制品。一年之中，平常也晒，也吃，而入冬以后直至过年，属于“正季”，此时便像应时而开的花一样，四处撞见。走在路上，偶尔眼光扫到住家的阳台，或是在家吃早饭时候，从餐厅望出去，对面人家的阳台上，不知什么时候也都挂满琳琅一排了。

在这个小巷子里，岁末年关的味道于12月初已开始酝酿。12月4日傍晚下了车，尚未过马路，见对面巷口处，一辆卡车就着路灯停在梧桐树下。走近了看，车斗里满载着各式的米花糖，粗粗一眼已看到五六种。和瑟瑟的梧桐叶一道，米花糖提示着时序节令的推移，穿越般带来了小时候过年之味。我停下脚来，同那对夫妇中的女摊主搭话：“是什么价格啊？”“花生糖贵一点，其他都是十块。”她从码放收拾中扬起笑脸回答。

三不隔两，不同的卡车会载着不同的食品乘夜前来，或是停在巷口这棵梧桐树下，或是在巷子中段的菜市场门前。所售不外乎南北干货和时令水果。卡车生意全是外地来客经营的，

米花糖。

这在口音上很容易判断出来。夏天，逢到石榴上市，妈妈会在散步时买上几斤。他们拉来的石榴皮薄粒大，暗红的石榴籽晶莹剔透，汁水鲜甜。就算缺斤短两，也比超市便宜得多——妈妈这样总结。卡车贩子的秤固然令人怀疑，去光顾的“马大嫂”们，心里早已转过算盘，大约也都跟我妈一样，觉得犯不着挑剔了。

另一类流动摊贩，由本地人乃至小巷居民充任。曾碰到一个流动的麻糍铺子，是两个老太摆的小摊。全部家伙安置在一辆手推车上。做麻糍的工具，是一个口子封闭的大木桶，桶内盛有蒸熟的糯米粉团，桶的一边装着个摇把手，相对应的另一边，在木桶靠近底部的地方有两个小圆孔；桶底部，则还连着一个装满糖芝麻粉和麦麸的向天抽屉。当一个老太太把手柄摇动起来，糯米团就从小孔里慢慢钻出来。另一老太太手起刀落，麻利地将才露头的米团截断，使之滚落在芝麻粉和麦麸的混合粉中，满满裹上一层，这就是麻糍。这种麻糍跟我小时候吃的麻糍，原料相同，外形却差得很远。我们的麻糍是像折被子一样方方正正叠起的一块，面上沾着麦麸。一次吃不完，可以在锅里烤得焦黄再吃。不过，我对糯米点心兴趣不大，那一次，便只买了一块钱十个小麻糍，也是几年以前的物价了。去

上图：饭店里的麻糍。下图：老太太的麻糍摊子。

年再看到，老太只剩了一个，摇与切两份工作兼而任之，脸上的表情倒依然很是明快。不能不佩服那双手的灵活与力气。

一种本地独有的小吃，葱包桧，前些年总可以在巷子中段的某小区门口见到。摊主是位利落的中年女士，自带一只煤炉，一只平底煎锅，一个熨斗一样的木墩子用来压烤。葱包桧里的“桧”，语义上指向秦桧，实体便是油条，本地称作油炸桧儿。葱包桧便是将一张春卷皮子，裹住一根折成两截的油条和几条小葱，于煎锅中压烤一番，再往皮子两面涂抹一层特制酱料，这样简单的组合而已。城里的传说，大饭店却无法胜任这种小吃，一定要到街头巷尾中去，方能寻得正宗。从我的体验来说，也的确是如此。我头一次去吃葱包桧，纯是出于好奇，不知道这个名点究竟有何特别。我便站在摊前等着看。女摊主往锅底抹一点点油，把两截油条和翠绿小葱裹在春卷皮子里，贴了锅底，用木墩子压一压，收手，再压一压。等锅里滋滋的响声起来，喷香的气味飘出来了，便把皮子翻过来，换一面压。她凭着经验和手感，把葱包桧出了锅，装进塑料袋，递过来前，指着两个瓶子问道：是要甜酱呢还是辣酱，两种都是自家做的哦。对于自产的酱料，女摊主露出了不加掩饰的自得的神色，无疑给她的产品又增加了信度。葱包桧的制作虽则只有几分钟，旁观的顾客却不禁早已饥

饭店里的葱包桧。

肠辘辘。趁热咬下一口，连我这种忌讳葱蒜的挑食人员，也觉得里头的小葱不必要再挑出来了。这个摊子通常于午后四点现身，六点以前收摊，放学回家的中小学生是其主力客户。尝过一次以后，我竟然有些念念不忘起来。逢到周末，去巷子里去买东西的话，便会跟在学生后头排队，也买一只回家去吃。她的生意非常好。然而不知何故，近两年却没有再出现了。

葱包桧摊子对面的小区，早上路过时，有时看到一两个巷里老太太守着极其简易的摊位——一条小凳摆上几只塑料袋，所盛之物，倘若是不明就里的外乡人，一定感到奇怪：像是豆腐，又有几分区别，豆腐块在淡绿汁液里浸泡成同样色系，底下尚且垫着淡绿的粗菜梗。究竟是什么呢？这时候，一个居民拎着菜篮走过来，到摊子跟前停一停，面上露出笑意，像是招呼一般地说道："苋菜梗呀，好吃的呀。"她把前面的答案揭露了出来：袋里装的乃是浙菜"蒸双臭"的材料：霉苋菜梗，以及霉苋菜梗卤液腌制的豆腐。这是巷里的老太太自己的加工。经过时，我在心里打个疑问——到底卖得出去吗？等到下一次，看到摊子又摆出来，意味着上次的该是卖出去了，我的担心是多余的。不仅如此，年复一年，这还是一个经久不息的生意呢。

上图：葱管糖。下图：枇杷梗。

早上走进小巷，灌汤煎包店的右侧，其貌不扬的塘栖糕点店柜台门口，常可以看到聚集起来买点心的三五客人，清一色的全是老头与老太太。店的招牌除了“塘栖糕点”几个字，底下还有小一码的“水根做糕”的字样。水法，水根，法根，是塘栖糕点世家李氏一门的三兄弟，因此塘栖糕点店铺往往在招牌下面加注出处，以示来源与正宗。云片糕、香糕、小桃酥、大麻饼、椒桃片、花生酥、芝麻片、雪饼、干菜饼、节节糕……有一天路过时我忍不住凑到玻璃柜台前，去温习这些小时候常见常吃的名目，忽然看到一个文雅的名称“枇杷梗”——那不是我们叫作“京枣卵子”的东西吗？这个对比理应让我感到汗颜，可是我却假设着如果买点回去告诉家里人，一定都会觉得是十分好笑的事吧。

四季走过小巷，最喜欢它夏天清早的模样。晨光的明媚里特有一种宁静。光线透照过的树叶澄亮得近于半透明。树下早点摊前，几个男人并排坐着小板凳，各对着一张塑料方凳，不紧不慢吃着热点心。一旁，老社区围墙墙角的凌霄花枝垂下来，花朵像喇叭一样翘起。暑热未至，这里与车水马龙之处是两个世界。

2013年11月26日

天竺香市

天竺是我在杭州常去的地方，一度曾保持了一周一次的到访频率，逐渐也就成为那儿一个“熟悉的陌生人”了。一年当中，无论什么时节，什么天气，得空时总还想再去一趟，似乎那里存在着无尽的未知。这种感受，跟居住者的心得不同，不脱浮光掠影式的游客体验范畴；简言之，看好看、看热闹罢了，难以由此得到一地的真意。不过，既无条件留驻，能做频频的访客我也感到满足了。常看常新的，是天竺特有的风土。

地理上，天竺与灵隐相接，一者在南，一者在北。灵隐、天竺诸峰，总称武林山。《天竺山志》中的慧理祖师传，记慧理卓锡武林的经过，也道出了天竺山名的由来：“咸和元年，（慧理）自西天竺国至钱塘武林山，惊曰：‘中天竺灵鹫小岭，何年飞来此地耶？’因名天竺山曰‘飞来峰’。呼出黑白二猿为证。”天竺山、飞来峰，两个名字即由此而来。慧理于飞来峰峰北建寺，称灵鹫寺，其后，于北高峰下建灵隐寺，于下天竺建翻经院（灵山寺前身），再建灵峰寺、灵顺寺，连建五刹，成为灵竺的开山祖师。飞来峰龙泓洞口，有一座六面七层的理公塔，历来被视为慧理埋骨之所。《灵山志》云："宋时定地界，以飞来峰之阳归天竺，飞来峰之阴属灵隐。"因此到了灵隐，其实也便与天竺近在咫尺了。

我总是坐车先到灵隐公交总站。从总站下车，沿灵竺路前行五百米，来到南北向一条横路之上。北面的路，衮衮人流涌去的方向，灵隐寺那标志性的、"咫尺西天"的照壁，露出黄色的边角；往南转头，矗立在眼前是一座素色牌楼，"三竺空濛"几字题于其上，四季之中，俱有幽深的绿意自门洞透露出来。穿过牌楼，便进入碧荫数里、古寺西东的天竺地界了。

依地势高低，天竺一分为三，以上中下别之。本地习称"下天竺"为"三天竺"，是一种敬意的表示。三竺各拥一寺，曰法喜寺（上天竺）、法净寺（中天竺）、法镜寺（三天竺）。法喜寺后山隐有小小的中印庵（亦名中印寺）。中天竺法净寺同时也为杭州佛学院院址之一，有别于其他寺院，不设门票。法镜寺创建最早，现为西湖唯一之尼众道场，去年（2013年）起，杭州佛学院也在其间设立了女众部。

雍正《西湖志》称扬天竺丛林，在《天竺香市》一节中

天竺山志

《天竺山志》中的天竺山图。地貌一直没有大变。

有一段流传甚广的描写：“由下竺而进，夹道溪流有声，所在多山桥野店。方春时，乡民扶老携幼，焚香顶礼大士，以祝丰年。香车宝马，络绎于道，更有自远方负担而至者，名曰香客。凡自普陀回向，未有不至此者。三寺相去里许，皆极宏丽，大士宝像，各有化身，不相沿袭。晨钟暮鼓，彼此间作，高僧徒侣，相聚焚脩，真佛国也。”与清代同类资料，如《仁和县志》《杭俗遗风》等比对观之，虽有未尽之处，却也堪称写照，绝非仅是修辞而已。后来者如我，走在山道上，耳闻钟磬之声，面对云山雾峰，脑海中，这些纸上的形容便不邀而至，像是为所见所闻作一实时再现一般。这种感觉在看香市时就更为强烈。

今日天竺的香市，与《陶庵梦忆》所载“西湖香市，起于花朝，尽于端午”不同，不拘于特定的期限，每到节典便自成规模。这是因为三竺的店铺已固定化，集市也随旅游业的发展转为常态了。大的节典，如正月十五、二月十九、四月初八、七月十五、十二月初八等日，三竺之间，善信往来不断，最热闹时更是道为之塞。除开本省乡民，江苏香客构成天竺香市的主流。苏省香客又多为中老年农妇，年年，如候鸟般，时机一到，成群结队而来。

这些守信的外省来客，于正月这一朝山的高峰期现身天竺时，在着装与仪式上极具辨识性，使人邂逅一次后，便能在次年不费力气地辨认出来。典型的江苏香客，最醒目的标记为其所戴的艳丽头巾。头巾的款式也统一，多是一种四边带条纹的毛织方巾，玫红底色居多，或以同色系毛巾替代。不扎头巾者，则用玫红色开司米毛线结成小花，簪于发际。着宝蓝色大襟涤绸布衫，窄脚裤，方口布鞋。一条与其他衣饰相比堪称精致的绣花腰带，系住一小片围裙；腰带上，前后还坠有缤纷的缎带与坠子。腰上的装饰，尽显各家之长，少有雷同。有一类不着蓝衣的香客，在仪式时会换上统一的玫红色上装。而蓝衣客人在着装上显得更为用心一些。看她们的衣衫，并不是好布料做成的，却也颇为鲜洁，折叠或熨烫留下的痕印宛然，显然并非是日常穿着，而应该是专为上香置办的行头。这种并不精美然而隆重其事的盛装，在来来往往面目模糊的各式现代装束中，是个醒目的异数，衬托着走在现代化前列的城市人的仪式，从衣冠、程序到气韵各个方面的浮皮潦草。虽在城市人看来土头土脑，蓝衣队伍的风貌，在整体上与其所处的古典场所显得更为相融。

香客中年龄较大的、挽着发髻的老太，往往于艳丽风潮

上图：香客。下图：香客发髻。

老太装扮。

中又别具一格，有时裹暗色系的头巾：黑色，或是暗底带碎花的棉布巾。这块布巾包得十分妥帖，还有一种长的发箍帮助定型。头巾而外，又会在发髻上簪开司米线花，或用开司米线缠发，再来挽发髻。头部的整个装饰精心造就，简直展示了一门小小的手艺。但这些手艺人却不知道正有一个门外汉用热切的眼光追随着她们。老太普遍是羞涩的，说不来普通话，遇到搭讪时，竭力纠正口音回答一两句。像是小时候看的戏文里的人物。到了法净寺中途休息，看到她们从香袋里摸出白色小糕来当点心吃。我疑心这是否跟我的长辈一样习惯，即使袋里有钞票，也没有那种念头要去吃寺外的十块钱的素面。

很凑巧，日前有在佛学院工作的朋友给我看一页复印的日文资料，出自东京鸿盟社1913年出版的《苏浙见学录》一书，为日本曹洞宗僧人来马琢道所著。这一页的中心附了来天竺朝拜的香客图。把其中女香客的装扮，与百年后的江苏女香客对比，虽可见出时代的流变，然而如头巾、布衫、腰带、围裙，这些要素是依然承继着的。我向一位懂日语的朋友咨询，得到文字部分的大致意思，也了解到服色上面的变化：

如果是到佛祖面前去朝拜，即使是俗家人，也必须低下

あつても、三度は必ず頭を下げるものであると云とは支那人でもちやんと了簡して居るのである、

借切つて、其の舳頭に「天竺進香」とか、「朝山進か云ふやうな赤い旗を立てる、即ち燒香——御

私が、屢々方々で見たことりますが、坊さんも時々信世間話をして居るやうなこ見受けるけれども、佛様の行つては、信者がなかく、な態度を以て信仰して居るあります、それで、さう云別の法事でもしに行く時に時に依れば自分の稼業の都依つて、十軒も十五軒も連出掛ける人があるやうであ今度は一同で何所々々の觀に參詣に行くと云ふやうなことがある、恰度日本關參と云ふ具合である、日本なら、大抵汽車で行き

（第廿六圖）支那巡禮者圖

西湖所見
或有朝山進香者
天竺進香

行くと云ふ譯でありさうして皆、てんで前掛のやうな物を服て、今の「天竺進香進香」などと書いてして船を一艘借切つ當や何か一切道具をんで、やつて行く者中には金持らしい風者は、一軒で船を借出掛ける者もありま時には大抵萌黄色の着て、赤い前掛を懸けて行くのであります、是に行つても屢々見受ける所の關參の様子であり

《苏浙见学录》第164页。

头去拜三次，这是中国人都非常了解的。虽然我在各地见到过很多次和尚和信徒闲聊这样的事，但是到佛祖面前去的话，信徒们还是怀着相当庄重的态度在朝拜的。要去参加如此特殊的法事时，根据时间、职业的情况，十家人十五家人联合起来出行的人也有，一起去哪里哪里拜观音菩萨。这有点类似于日本的“团参”。在日本，大多利用火车出行，而在中国南方，因为无论哪里都可以乘船到达，所以一般是包一条像日本的“传马船”这样的船，船头立上写着“天竺进香”“朝山进香”之类字样的红色旗子，即去烧香、参拜神佛的意思。大家在腰上围着写着“天竺进香”“朝山进香”等的围裙，然后租上一条船，装上便当等一切需要的东西就去进香了。也有有钱人，一家人包一条船去进香。进香时一般穿萠黄色的衣服，系红色围裙。这就是不管去哪里都很常见的团参的打扮。像这样，中国的寺庙里一直有参拜者到来。

这里提到南方地区坐船上香的习俗，在关于天竺香市的历史资料里也都留有记载。2003年，西湖茅家埠恢复的“上香古道”景观，其渊源便在于四方来客的天竺进香之旅：“清中叶以前，茅家埠一带仍有大片西湖水面，香客常常乘船在茅家埠登岸，经上香古道去天竺诸寺进香。”数百年过去，这一条上香路径在茅家埠的部分，凝聚了西湖西线最精华的秀色，只是现在在上面漫着步的，大多不是要往天竺去朝拜的人了。

日本汉学家青木正儿，游历中国期间写下的《江南春》里，也有几笔涉及天竺进香的文字：

> 乡下人穿老式的蓝衣，肩膀上搭着黄色或红色的袋子，系着同色的带子，袋子上写着“朝山进香”，或者写着某地某氏，成群结队地到灵隐寺和天竺寺烧香。这种情形使诗情顿时涌出。良家女子乘轿，轿后摇摇摆摆地跟着拿着提篮和银纸钱、红蜡烛、线香的，好像画中一样。

那是1922年时的事。而今，香客随身所带，除必备的香袋外，还有些包裹布袋用来装仪式用具。一些量身定做的布套子，具有雅致的图样，带来久违了的古典的趣味。前年的正月十五，和今年的正月十二，我在天竺分别看了上香仪式中最热烈的部分：秧歌舞以及舞龙表演。就我而言，秧歌方阵与上香结合，尚且算不得新奇，而女性的舞龙队在佛前献技是比较少见的了。当然，这二者实际上都颇具本国特色，而佛寺对此

舞龙。

也处之泰然。那天在法喜寺正要下山，耳听锣鼓喧天，迎面逶逶迤迤地来了一条庄严的黄龙，一时间人人自动退避，为其开道。龙在女众簇拥下往圆通殿游去。我正惊奇，后面又跟上来一条制作同样精良的紫龙。女舞龙手们身手不凡，圆通殿前把一出双龙夺珠舞得动人心魄，加之还有香火的香雾时时缭绕在龙首龙身，为演出更增加了天然的气氛。我随江苏信女的队伍从上天竺一路而下，沿途行人纷纷驻足看龙，又在龙后加入跟随的队列。舞龙队于中天竺和三天竺相继停留，最后穿过“三竺空濛”的牌楼，气势不稍减，往灵隐拥过去了。

此时三天竺的各式店铺，重又显现在失去围观目标的游人跟前。三天竺的商铺在三竺中最为丰富，除开上竺和中竺都设的香烛、特产与素面店，还有素点心店、素食餐馆、不拘荤素的特色餐馆、陶器茶具店、佛教主题书店，乃至品牌服装店。店铺多数较为稳定，不过也有几年内数易其手的例子。经营内容常有交叉，比如小书店兼营竹器，服装店兼营饰品或日用品。有些商铺用粉笔出黑板报，几笔西湖山水，一爿茶山，盛开的桂花枝之类，用作招徕。出得精彩的，能频频引人驻足。我常停步看的是香烛店附售的竹篮子，与书店的物美价亦不廉的竹器相比，这些竹篮手艺较粗，买买菜，放放蔬果可用，价格来说，在景区倒属平易了。竹篮和天竺筷，都去买过，可惜天竺筷的图样不多，也没有自己家里用了多年的那种好看，家里的筷子刻的是西湖十景中的曲院风荷，以我最喜欢的玉带桥为标志，桥下簇拥荷叶，叶下水波粼粼，那种简洁的水波纹，有几分“海水江崖”传统纹样的韵味。

在特产店里见到云片糕，总被店家置于现场制作的机器上展示着，这种常见的南味糕点，天竺的店家改称作“灵隐糕”，不知有没有因此增加生意。有时匆匆而过，不及看别的，只扫一眼那些养护周到的庭前花草。某家服装店前种了一栏黄秋葵，夏天结出果子可以炒菜吃，不知道他们吃不吃；有一排品种特别的大月季，当中开着少见的淡紫色花；门槛边还有一盆繁茂的迷迭香，有时我跟朋友一同经过，便让朋友悄悄摸一摸迷迭香叶子，沾在指上的余香很长久。一家茶具店，一家餐厅，都在玻璃窗格内，四季更换着应时的物种，冬月里或是瓶中插枝的蜡梅，或是沐浴在阳光下一盆多花的水仙。茶花、桂花、南天竹、山栀子的花与果枝，都就地取材于山中。某餐厅前有个特别装置，是店家搭的自助茶水棚，顶上有竹笠遮雨，下附一纸告示曰：“免费茶水纸杯自取壹角壹个”，再往下，一块小搁板上，搁着小钵子，用来盛零钱。棚边上，还

上图：云片糕。下图：茶水棚。

玻璃橱窗内的插花。

周到地添了个回收纸杯的垃圾桶。细细看去，遮雨的竹笠和收零钱的钵子都还挺好看。

快走到商铺尽头，前方现出牌楼时，又见那家其貌不扬的素点心店做着素烧鹅，把豆腐皮浸泡卤汁后，叠起来，放到油锅里去炸，跟本地通常的素烧鹅制法不同。想去这家店歇脚吃东西，犹豫片刻还是改了主意。已是近晚时分，站在店前回望，游客的热潮渐渐退却，寺里的僧人与佛学院的学僧，三三两两有下了山来的，许是办事，许是到三天竺吃便餐。散着步过来的师父，途中跟相熟的店老板相互招呼着；骑车或电动车的师父，似乎要顺便往市区走一趟的架势。此时的天竺渐渐脱去景区的外衣，要回归为住家的家园了。逝去的晨昏，将来的黑夜，都完全属于他们自己。

2014年8月5日

西湖春

一　早春

早春的阳台上，布谷鸟的叫声频频入耳来。“咕咕……”，“咕咕……咕”。我们教小侄儿辨音，暂未见到鸟的身影，就在虚空中拟一个鸟的藏身处，指一指。等这咕咕声又起，小侄儿就伸出他的食指，也那么的遥遥一指，报告道：“布谷鸟，叫。”春天的虚空不空，譬如这布谷鸟声，便是与春天永在之物。春空之中，交响着诸多各具特色的鸣音。身处闹市与山林，或隐或显地，总有迢递的鸣音传到耳中，提示着种种未必都能眼见的“实在”，叫人想起三岛由纪夫《雅典》里的音乐论——“不死之神创造可死的生物时，以鸟的美丽的歌声和鸟的肉体一起消亡而获得满足，而艺术家创造同样的歌声时，为了保留这歌声直到鸟死亡之后，并不创造可死的鸟的肉体，而一定是创造一种眼不可见的不死鸟。这就是音乐。音乐之美起始于形象的死亡。”年复一年，当我们凝望春空，聆听春空，春鸟的肉体却与其歌声一样永不消亡，是物种的更续在人类的记忆里抽象化了。

饭桌上，抽象化的春天的鲜货，也又一次示现了实例。月初，菜市里有两种典型：肥润的笋和起蕻的菜。早春的菜蕻有回甘，可从月初吃到月末，及至下市，在花信上意味着油菜花季的到来，还可以连带着看豌豆花和蚕豆花。气温回升，早上出门，瞥见一楼邻居家的阳台上，盆栽的毛鹃展开了红粉的喇叭。这个时段物候一日一新，有空的时候就起早去拍柳芽。

春天真忙。要起早，要赶时间，饮食和睡眠一起缩减。早饭是楼下包子铺里一个荠菜包，跟不知什么荤细细剁在一起，团团的一窝馅，有点儿像吃灌汤包，咬下去，汤汁会从豁口流出来。往年也有荠菜馅的包子，但因为很少在外买早点的缘故，这个春天才吃到，较之鸡肋的香菇青菜包是要有味得多了。一个周末去安吉，中饭在农家乐里，也点了荠菜，分量很大，菜择得不甚干净，也比较老，油多盐多，结果就浪费了。马兰头、草头（苜蓿）和水芹他们也备着。马兰头是春天家里餐桌上常有的，另两种打算留到杭州的农家乐里去吃。这些也

上图：烟雨中的新绿。下图：烟雨中的白堤柳。

柳芽。

春柳春鸟。

便是目下菜市场里总可以看到的时令野菜了，此外还有香椿和豌豆苗。有一天，我到菜市里去转，走到出口边一家摊位，有荠菜，也有马兰头，忽然听到当值的男老板跟我打招呼（这家是一对夫妇经营）——“又来拍清明果啦？”——“啊，是啊，你记得我吗？”他笑着，把去年的旧事重提了一下。“今天清明果早就卖完了，”他指指已经收拾起来的竹蒸笼，“明天早上来拍吧！”“今年你们什么时候开始卖的？”“大概五六天以前吧！”这么算来，他们的清明果3月12号左右上的市。3月19号，大雨，听到头一声春雷。

从早到晚，每天都听到鸟儿啁啾，长短曲直，像是鸟的诗情在发作。春天是宜于吟诗的。走在西湖边，游人也不时要引用一两句经典。17日在灵隐公交站，迎面一对母子牵手走来，小男孩在母亲的提点下背诵着——“碧玉妆成一树高，万条垂下绿丝绦……”我的侄儿侄女两岁多，刚会得说长句，也学了几首唐诗，大人去考一考，说“春眠”，小侄女立刻接上了“不觉晓”，说“处处”，又立刻接上“闻啼鸟”，如此背完好几首。有天夜里，弟弟发来他们的睡前小视频，已经关灯躺下了，画面是黑暗，只听见小侄儿咬字还不标准的软腔，每个字都很软，尾音拖得长长的：“……曲项向天歌，白毛浮绿水，红掌拨清波。”现在我睡前也常把这视频翻出来听几遍，好春天。

2017年3月25日

二 春日香

夜雨带来的岚气还在山间缭绕，望过去，连绵的峰顶一片白濛濛的。近处山坡呈青灰色调，点缀着几许明黄，是早春的檫木标志性的满树黄花。当把视线转至山道方向，就看见远近高低错落开放着白的粉的玉兰花，许多是新发，也有些将要或已在萎谢中了。正前方有一株小白玉兰，枝条横逸，玉质亭亭的花朵如灯盏，盏壁上犹挂着莹润的雨珠。晨钟响起，余音在这山中古寺回荡了一时。

这一天是农历二月十九，观音圣诞日。俯瞰蜿蜒的天竺山道，香客三三两两的身影若隐若现的，正往法喜寺这有名的观音道场而来。我到得早，此时已站在寺中高处一座凉亭边了。

在杭州的天竺这片地方游荡，常常使我忘记我是一个所谓“本地人”。天竺分上、中、下三竺（下天竺本地称为“三天

法喜寺五观堂前玉兰。

上图：雨中玉兰。下图：法喜寺五观堂前玉兰。

竺”），各有寺庙（上天竺寺即是法喜寺）。这里的物事四时变换，每岁又有不同，总予人新鲜的兴味，感觉像初来乍到一般。最有趣味的，便是这里的香市。

西湖香市，以四月初八释迦牟尼圣诞、十二月初八释迦牟尼成道日为最盛。逢此两节，无论晴雨，天竺、灵隐间为四方香客充塞的山道，总要到午后方显得人影疏散。二月十九观音圣诞日，香客虽众，道路却仍有充分的余裕。恰值春分前后，春芳吐露之时，呼朋引伴前往山中上香，则上香也即是游春，与他时不可同日而语。

香客中，本地外地人皆有，不单从口音，有时从衣着上也能够加以分辨。日本的汉学家青木正儿，1922年游历中国期间写下《江南春》，有几笔涉及天竺进香的文字，提到香客服色：

乡下人穿老式的蓝衣，肩膀上搭着黄色或红色的袋子，系着同色的带子，袋子上写着“朝山进香”，或者写着某地某氏，成群结队地到灵隐寺和天竺寺烧香。

近百年岁月更替，民众的出行工具随时代演进变化了，但

穿“老式蓝衣”的香客。

在今日的天竺，依然可见到“乡下人穿老式的蓝衣”，斜挎黄色进香袋，鬓边且簪着小小一朵玫红的绒线花的，在香客中分外醒目。这多是从江苏乡镇来的老妇人，一身穿戴携来农业社会微末的余韵。年轻一代着装与平时无甚差别，到了上天竺，先团团围在香烛店前买一种硬纸壳的“聚宝盆”，四边盆沿上毫无隐晦地印有“赚大钱”字样，内中堆砌着纸做的元宝金钱。有一种“聚宝盆”以黄纸叠成莲花形状，倒见几分巧工。鲜花、红烛、锡箔与线香，各因材料或尺寸的不同，分出贵贱品类。然而自备的线香与红烛其实是多余的，当香客来到寺院入口处，会发现有专员免费发放三支香，私带的香烛则已被禁止入寺了。这些在入口拦下的香烛，最后还得原封带回。即便藏着掖着带到了香炉前，也会被巡视的工人再次拦下收缴。这是2014年开始实行的一种环保新规，自此，山门外的香烛生意便一落千丈，店铺们也把经营方向转到供品与特产上去了。

法喜寺以香木观音闻名，观音像供奉在圆通殿内，一应法事也在此中进行。香客在殿前上香，耳边传来殿内僧众的吟诵，伴着钟磬，其声悠远，引得不少人走到侧门合十观望，站看一会拜忏仪式，似也获得一些参与感。香客将前后几座大殿一一拜毕，消磨到了近午时分，便依旧如来时般三五成群，信步往斋堂去用饭了。

这个寺院的斋饭在信众中颇有名气。一般而言，面向广大游客的斋饭，实质上便是大锅素菜饭，其口碑之有无，全在于基于性价比的“好吃不好吃”。这好吃与否自然不能同精品饭店菜色相比较。在斋堂正门左手边，有一售票小窗口，递入五块钱，换出一张一人份的纸餐券，粉红色的，便可以入门去排队领饭菜了。斋堂正门内的走道，尽头是佛案，走道两边分列着宽阔光亮的长方形饭桌，一桌配两条长凳。凭券往配菜窗口领一小盘配好的素菜，一碗饭，偶尔有糕点——是先到者的福利。而后可到斋堂侧门边上，舀一碗免费的紫菜汤来（免费的白粥和开水也在同一处）。饭与菜都可以凭着碗盘续添，不限次数，也不再另外收费。这里斋菜的内容，固定的是带有红烧豆腐块与烤麸的汤汁，加配一两样蔬菜。蔬菜种类四季略有变化，比较常用的是白菜、青菜、包心菜、紫甘蓝、西葫芦、芹菜与南瓜。要说到增味的秘诀，原料的新鲜固有助益，最有关系的，却是那一勺固定的汤汁。这种以香菇、花生米和黄花菜熬煮的汤汁，加配点其他什么都感觉格外鲜美。常有人吃到后头，把菜盘里剩余的菜汁倾倒到饭碗里，就着汤汁吃个一干二净。

几乎每个随我去天竺的朋友，都会被我拉去吃一顿法喜寺

上图：斋饭。下图：法净寺的青团。

的斋饭——相较于寺外的素面店或餐馆，或是天竺另外两寺的斋饭，此处确实是个人偏爱的首选。我有一种强迫症，来到斋堂吃饭，领到多少便是多少了，竭力避免去续添这件事。如果饭给多了，不管怎样也得要吃到一粒不剩再走。我的吃饭速度慢，独自一人时，固然悠哉，若是有友同行的话，他们在对面早早就收筷了，剩下我埋头鼓着腮帮子，勉力加速把碗里的搬运到嘴里去，空气里慢慢就凝聚起一股微妙的压力。而对面的朋友也敏锐地觉察到了，善心大发，站起身来道：你慢慢吃，我们先到外面走走……

鼓腹下山去。山门外例有闻风而至的专业乞讨人，纷纷对着香客伸出搪瓷盆，口中喃喃念着“阿弥陀佛”。走到天竺步行道上，路边乞丐或躺或坐，多数肢体残损，令人不忍直视，也或配以才艺的表演，以凡此种种方式，引动路人的施舍之心，多多少少抛下几块硬币来。挑担的摊贩与下山人流逆向而行，叫卖着棚养的草莓与桑子，这种流动摊位四季都可见到，今天的生意却仿佛并不怎么好，前后都无人有停脚的意思。我把眼光投向山脚树林，看见了可爱的山鸡椒，一粒粒黄绿色的小花镶嵌在暗绿色的细枝条上，形貌近于仕女所用的长簪。映山红更瘦的细枝上冒出了新叶，带着白毫，点点碎玉，如一幅小小的凝住的雨幕。看到山矾的枝头已有白花堆簇了，毫不起眼的花，却透着清香，幽幽的只觉好闻。夏天的时候，叫人惊喜的是抬头忽见山栀子的六出白花在林间发亮；到了冬季，山栀子橙黄的果枝随风摇曳，也足令人心动。更不必提桂花时节，山间那无处不在的芬芳……一座富有的山林！叫人窥见“造物者之无尽藏”。

在天竺，人间的烟火味，也从未缺乏过——来到前方百米开外的中天竺，尤其会有别样的体会。中天竺的法净寺是杭州唯一免费开放的寺庙。这里的义工有一个共性，即对四时节物抱有十分的热情，会时时推出应节的食品，如清明时的青团子，端午的素粽子，中秋的素月饼等。春笋上市时，她们切笋片、晒笋干，不过并不对外出售。忆起去年观音圣诞在寺内见到的青团，忍不住迈步进去探看。出乎意料，这一回斋堂斜对面摆出一张桌案，香客们正围着义工自制的冬腌菜询价、称斤两。有几人凑到存储冬腌菜的桶前闻味，感觉到香，起身后啧啧赞了起来。这腌菜是五块一斤，略低于市价。陆续有本地的大嫂大娘，称上一两棵，满意地归去了。再晚些时，义工柜台卖一种据称是专供的豆腐干，两元一块，涂上甜面酱，味道远胜西湖边的同类品。到了6月份暑意渐浓时，就停售了，说是天热不能久放之故。天竺的豆腐干，《山居杂忆》之《家乡的吃》一文也曾提及：

> 在风景区天竺，有一种天竺豆腐干出售，约三分见方，十块一札，有五香味而咸淡适宜。以前游客坐永华公共汽车去灵隐，即在这家店门口停下，因此大家总要顺便买几札回家，或者即在灵隐溪边茶室里喝茶时做茶食。那时灵隐溪水边、大松树下，有一排藤躺椅和小桌子，茶客可以躺在藤椅上一边听潺潺的溪水声，一边喝龙井茶，吃五香豆腐干或瓜子、花生。

中天竺往下，与灵隐相接的，是三天竺法镜寺，西湖唯一之尼众寺院。寺旁即有茶园，隔着溪流望去，茶农正挥动锄头整理土地，两三朵洁白的蓬虆花从茶丛中探出头来。寺院斜对过的店铺一年皆卖茶，红茶、绿茶、黑茶、花茶俱备。秋冬，当茶树玉白的小花开满垄时，采下茶的花来摊晾、烘炒，是此地特有的风景。制成的干花花茶，与干桂花、干菊花一样，装在透明小玻璃瓶里出售。茶树的干花带一股烘焙糕点似的甜香，泡起茶来淡琥珀色，味也淡淡。有一家茶叶店令我印象深刻，每回路过总要留意他们茶桌上换了何种瓶花，因其瓶中所

上图：茶叶铺的插花：山鸡椒与二乔玉兰。下图：瓶中的茶树枝。

供，深得季节流转之趣，比如这一天的玻璃瓶中，正是一路曾见的山鸡椒和二乔玉兰。不禁有点羡慕那在花边独饮的客人了。去年冬天，还在这桌上见过几支乌桕子——如山鸡椒、乌桕子这等不引人注目的枝条，能收集得来，可见这家店的插花人，对于自然是有着不一般的观察与喜爱的。

走到靠近灵隐寺的一排店铺时，已是行程之末了。偶然瞥见路边有师傅埋头做着现茶，杀青锅边摆一个小竹匾，新采的嫩绿茶芽堆放其中，很是亮眼。竹匾旁，一只长颈的玻璃花瓶里，墨绿色的不知养着什么花。走近去瞧，原来竟是一捧如假包换的茶树老枝，顶头上还带着嫩叶片片——便是那珍贵如金的明前新茶的原料了。这时我的心中涌起一个声音：这样才叫作西湖的春山啊。

2017年3月21日

三　长忆春花

1922年3月至5月间，日本的汉学家青木正儿游历中国，写下名为《江南春》的见闻录。在开篇《杭州花信》中，他赞美西湖烟柳，并称其为“西湖的基调”。

我们中国人谈到江南的春天，容易想起王荆公的名句——“春风又绿江南岸”。春风有情，年年吹绿江南。而春工点染新绿，也是要从杨柳的条枝来起头的。

西湖的柳枝，2月下旬珠芽缀满，一幅一幅如绿帘垂在眼前。漫步苏堤，隔着柳帘望湖，湖上的船工倾身摇动着手划船，扁舟一叶叶，穿行于柳帘的横切面上。偶有大船疾驶而过，劈开的暗浪堆涌成长长一条碧练，蓄势舞动过来，“啪”一声击中岸石，仿佛把柳帘也惊得一动。听了声响的路人定睛看去，并未发现有什么外力的踪迹，不禁喃喃自语，疑心是白娘子显了神通了。从玉带桥走到曲院风荷的湛碧楼，或由北山路转道孤山，登至西泠印社的四照阁，远眺长堤柳影，朦朦胧胧，只觉团团绿烟从地而生。这是西湖春来的第一个象征。

柳芽新绽后，3月上旬，玉兰花开在高树上，如玉白的灯盏。因为生得高，从旁经过不大容易闻到花的香气。可是成片的玉兰林就不同了。开放式的杭州植物园有丁字型的两条玉兰道，是玉古路、玉泉路各自在园内的分段。早春的马路因缺少绿叶荫蔽，多是显得疏阔的，但这两条道上白玉兰一开，公车与行人往来其中，正像是穿行在夏日的浓荫底下，只是此处由

上图：柳。下图：玉兰。

上图：紫叶李落花。下图：樱花。

白花替代了绿叶，是城市里难得的手笔。一回走在玉兰树下，前面电动车驶过花荫，起了一阵风，带落低枝上的花瓣，在骑车人身后飘舞，像一串袅袅的余音。更早的时候，某年3月末一天大雨，恰逢植物园玉兰盛开，雨把花打落满地，雨雾缭绕，一股子香气氤氲园中。这样的景象是可遇不可求的。

同为白花，比玉兰稍迟的紫叶李与壮阔无缘。这种蔷薇科的细花开得颇有特色：起先像是枯枝上积起了一星星雪花；几天的工夫便“雪”满了枝头；而后叶进花退，一如雪的消融。紫叶李花轻巧、洁白，随风飘落于地，又令人想到雪落无声。紫叶李是樱花的先声。

日影《茶之味》的开头有几幕樱花令我印象深刻。高大的樱花树就种在稻田边上，好像我们的茶园中常能见到高大的香樟树那样。这些树年岁已久，冠盖亭亭。近景里，不知是朝阳还是夕照的光线从树枝间透照过来，而后镜头拉远，看到这如通灵性的大树，挥挥洒洒开始随风飘花，仿佛丽人的舞姿，令人心动神摇。杭州也有大樱花树，是美丽的染井吉野品种，在街巷、居民楼前、公园里俱有栽植。白花缀满枝头，使人想起神社仪式上的日本新娘，戴角隐，着白无垢，冠服俨然，有一种庄严，而同时也确有几分“覆水不可回收”的意味。然而西湖的樱花毕竟是西

上图：净寺僧人前往樱花林。下图：净寺僧人过樱花树。

上图：樱花树下太极剑。下图：樱花与金鱼。

湖的。樱花季的清晨来到赏樱胜地太子湾公园，曾见隔壁净寺的僧人，得了地利，身无负担，悠悠然，从鸡爪槭新枝新叶的伞盖下负手穿过，前往大草坪边的主樱花林。这里的樱花于是消去了东瀛味，成为杭州特有的风景了。在湖西清幽的上香古道，玉涧桥边的亭廊前也有几株染井吉野樱。那儿的亭廊一面临水，是本地人舒展筋骨的好去处。花开时我去拍照，就曾碰到一队老太太练习着太极剑，四五个人，领头师父的身姿极为优美。亭外落花翩翩，而她们那样从容、专心。唯有旁观者如我，默立一旁，如在观赏一幕纯中国的影画。

《茶之味》里的樱花其实并不使我联想到西湖的樱花，因为专供观赏的樱没有那种乡野与家常味。在我们国家，倘有一种春花同样是举国皆知，又同样引起故土之思的，应当是溪边地头灼灼的桃花枝了，只是桃花长不到那么高大。西湖花信，樱花过后，杏、海棠、梨花次第展开，末了桃花亮相，是清明前压轴的花。西湖白堤以“间株桃花间株柳”著称，3月底一片桃红柳绿——这一个成语，大约可以代表中国人对于春天最典型的印象了。桃花开，春鸟啁啾，叫我想起童年时做玩具的一种鸟哨，在旧文里写过：“有一种细竹管做的鸟哨，首节上斜切一个口子，余下的管道里装有铅丝做的拉杆，从口子里灌

上图：孤山桃花。下图：西泠桥畔碧桃。

进水后，拉动铅丝杆的同时，嘴对着哨口吹气，就可造出几可乱真的婉转的鸟鸣。现在西湖边尚见到这种小玩意，叫小贩成捆地储在袋里，手上捏一根吹来示范，一二元一支地售卖着，不过换作了红色绿色的塑料管子，不复竹管的自然趣味了。”同样仿佛很“现代”的塑料的制品，还有苏堤与南山路的店铺应时兜售的花环，桃花以外，也有紫红色不知什么名目花的，女客们买来戴在头上，看了只觉得可惜，因为真桃枝折不得。而后水杉、法桐皆绿了，落雨的日子，燕子翻飞，低低掠过水面，双翅张成极漂亮圆满的弧线；稍远的僻静处，楼外楼的捕鱼船正在撒网工作。想起《白马啸西风》的末尾金庸先生写：“江南有杨柳、桃花，有燕子、金鱼……”“那都是很好很好的”，很少有人不喜欢。

2016年3月16日

龙井问茶

九溪十八涧在西湖以西的群山之中，“北接龙井，南贯钱塘江”。自之江路的九溪徐村起步，往云山深处行去，一路茂林、芳草、溪涧、茶田，观之不尽，末了来到风篁岭上的龙井村，便是龙井茶传统四字号——“狮、龙、云、虎”之最上品者：狮峰龙井原产地。龙井问茶，可从九溪起问。

唐白居易任杭州刺史，“在郡六百日，入山十二回”，独推灵隐冷泉亭，认为冷泉的风景“最余杭而甲灵隐”；这一说法，晚清学者俞樾是不以为然的。主讲杭州诂经精舍三十一年的“老杭州”俞樾，力主“九溪十八涧乃西湖最胜处，尤在冷泉之上”。俨然与前父母官打了一场异代不同时的笔墨官司。私以为，西湖的山山水水可谓各擅胜场，很难分出轩轾。不过，局外人由此“官司”，也可略见九溪之佳胜了。

九溪的山林。

近代钟情九溪的闻人甚多，蒋氏的“文胆”陈布雷便是其一。他曾用多年积蓄在九溪的徐村买地，为理想中的退隐做准备。不料尘梦破碎，弃世后，归葬于徐村萝卜山。若干年前清明时，我曾到布雷先生的墓园拜谒。这是一个独立的小园，围墙不高，藤萝在墙头牵绕，四围高树拱卫，显得十分清幽。园子干干净净的，有农妇装扮的青年女子在庭中洒扫。墓碑前，未知出处的三捧鲜花静静供立着。退回步道，北行不远，尚有一对父子墓，是诗人陈三立、书画家陈衡恪埋骨之处。陈氏父子墓建在茶园中，无围墙，远远一望，与茶林浑然一体。我并未走近，只望见两个茶农荷锄挑担，一前一后似在闲话，从墓地边上漫步经过。山林如此，称得上是“托体同山阿”的好所在了。

从前未到九溪时，曾在郁达夫的文章里作过纸上游。1927年4月16日，“星期六，晴爽，三月半”，时与王映霞热恋的郁达夫，携爱侣从灵隐上九溪十八涧，在日记里小诉衷肠：“这一天天气又好，人又只有我们两个，走的地方，又是西湖最清净的一块，我们两人真把世事都忘尽了……”1932年，一个秋晴的午后，郁达夫与小学同学作半日的游程，沿溪入谷，到九溪的茶庄吃茶，“等茶庄里的老翁去起茶煮水的中间，向青翠还像初春似的四山一看，我的心坎里不知怎么，竟充满了一股说不出的飒爽的清气”。“……瞪目坐着，在看四周的山和脚下的水，忽而嘘朔朔朔的一声，在半天里，晴空中一只飞鹰，像霹雳似的叫过了，两山的回音，更缭绕地震动了许多时。我们两人头也不仰起来，只竖起耳朵，在静听着这鹰声的响过。回响过后，两人不期而遇的将视线凑集了拢来，更同时破颜发了一脸微笑，也同时不谋而合的叫了出来说：‘真静啊！’‘真静啊！’”

选择一个非节假日的日子，深入九溪的山林，渺无人迹，耳畔只闻木叶婆娑，雀鸟啾啾，果真是能得到一个太古似的“静”字的。若是假日到访，也不妨踏踏实实享受它扶老携幼的欢笑与人气。从九溪到龙井这一途，要看什么？能看到什么？回想起往年的旅程，正应了聂鲁达的诗句：“我们到那里去什么也不盼望，我们在那里却得到了盼望着的一切。”

于是又一次地，清明后的周末，早早出门来九溪了。正值山中的清晓，山路两旁的草叶上，豆大的露珠还莹莹闪烁着。一座路桥的两边，鸡爪槭的柔嫩的新叶向远方芊绵，铺洒出浓浓两带绿云，底下五六尺宽的溪水，到了跟前桥边时，因地势落差，变作颇有几分气势的激流，倾泻而下，泠泠作响。我走

鸡爪槭与溪水。

到一侧茂密的枝叶下去，仿佛顶着伞盖，光线一下子幽暗了。迎面影影绰绰来了一队人，愈走愈近，却是“盛装”的采茶女的队伍：头上一顶淡黄色的草帽，身上罩着倒剥围裙，脚蹬长筒雨靴，前方横溪边，还有掉队的人马停步搓洗雨靴上的泥垢。一只瓮状的竹篓系在女人们的腰间，是用来接储茶叶的容器。这便是摘茶叶的标准配备了。这不同于人们在宣传影像上见到的、另一种盛装的采茶女：年轻靓丽的姑娘，穿戴一身裁剪合体、簇新的蓝碎花衣裤及头巾，化妆的脸上带着甜笑，纤纤细手做出摘茶的手势——在我看来，真是对于茶乡的十分浮浅的表现手法了——一种称不上高明的表演罢了，游离于我们的生活之外。从这表演性的宣传里，是看不到真正的劳动者之美的。

眼看采茶女往一侧山谷进入，我便隔着一段距离尾随其后，想去探探内里风景。前方小径把随地势起伏的大片茶园犁开。茶蓬上，偶有一朵两朵洁白的蓬虆花盛放着。茶树底下多的是碎米荠、球序卷耳、猪殃殃类的野草。茶垄之间，雀舌草的小白花蔚然成片。看到粘着露水的鼠麴草、五月艾，或是混在紫云英堆里的细草看麦娘，就格外感到亲切。前二种，是本省用来和米粉做清明果的主要原料，后一种，是我小时候游戏的玩具，拔掉草芯后，可像哨子一般对着草管吹出“哔哔”的音调。有一阵子，茶园尽处壁立的山林引得我停下脚来，阳春的绿意浮云般漂漾在褐枝之间，显出那样一种幽幽然的画意。

地势渐渐抬高，茶林也往上不断攀升。采茶的人们已经各就各位，分散到茶丛中工作起来了。高处的与低处的递着本地话语，一来一往，谈论着儿女家常。近午时分，这片地的地主来收茶叶，并给雇工们一一送餐。我凑过去看收成，同时向他打听采茶的工钱——大约一天一百五的样子。今日所见的采茶女，都是西湖区的土著，经验甚富。此时清明已过，采的乃是雨前茶。一年之中，明前茶、雨前茶的品质最佳。今人尤重明前茶，但这也并非自来的惯例，徐珂所编《清稗类钞》中《高宗饮龙井新茶》载：“杭州龙井新茶，初以采自谷雨前者为贵，后则于清明节前采者入贡，为头纲。”明前雨前两茬茶，是茶农收入的主源，茶的新芽生长又速，因此清明前直到谷雨，杭州的茶农必要雇用人手，单单自家是绝忙不过来的。清明前后不单是采，还有连夜不息的炒。倘不“趣时致力”，那便无异于“自废其前功”了。

一路走走停停，人影渐渐稀少了。从九溪最后一道溪流的石步上跨过时，夜幕低垂，月色娟娟，不期然已进入到一个

上图：采茶。下图：阳春的绿意浮云般漂漾在褐枝之间。

九溪烟树。

春风沉醉的夜晚。溪边大石头上，有位中年男子面水独坐，默然享用着远离尘嚣的一隅。在他的背后，我的前方，龙井村笼在一片暖融融的光亮里。入村，先瞥见路边临时棚子里七八个炒茶人，不等靠近，就闻到好一阵沁人心脾的茶香！炒制中的茶的香，怎么闻也闻不够，真是胜过一切花香味的王者香啊。一家茶铺子，窗口上摆着一盆花开灼灼的映山红，顺着最顶上的花枝望过去，看到了堂中悬挂的“龙井问茶”的匾额。铺中有炒茶机，顾自有条不紊地杀着青，主人家老大爷，则在白炽灯下运力辉锅。有女孩子为红艳的花吸引，上前来，发现枝底的纸牌上标着注语——“映山红，请勿动手，假花！假花！假花！”她看了又看，神情迷惑了。“这究竟是真花还是假花呢？”辉锅的大爷闻声大笑，“你怎么这么没自信啊！要相信自己的眼光嘛！”又有大人带着小孩近前，孩子觉得好玩，一板一眼念起注语来，那三个带叹号的“假花”惹得一圈人都笑。主人解释道，“问的人太多，也怕人折，所以写个牌子。”茶山的居民，似乎对映山红一致地别有感情，许多人家庭前摆着它的盆栽，龙井如此，天竺也如此。

到此时，一天的疲累干渴忽都涌到跟前来。我于是慢慢往前寻觅合眼的农家乐，准备歇脚。村人或许是太忙，竟无一前来兜售茶叶。记得有一年桂花开时我来龙井，在繁花一身的丹桂树下遇着一个大娘，笑吟吟地上前招呼我：“姑娘，桂花都开了，多香啊。”我知道，这是揽客的意思，然而，她竟止步于此，并未把推销的话语说出来，让我不禁为自己没有买她茶叶感到些许惭愧。这回选定一家落了座，一杯茶，一碟瓜子，随即由男主人端上来。那茶里只倒了四分之一热水，颇具仪式感地，请客人先闻闻气味——自是香气四溢无疑了。而后，才继续把水添满。等菜之时，主人还殷勤喊我进屋看杀青机，介绍其功用与操作，又把家里四个工人一天的青叶收成拿来给我看——也竟不开卖茶叶之口。我的菜是一个龙井炒蛋，一个腌肉雪菜野笋，很快上了桌，吃吃喝喝中，一边想着郁达夫半日游程里评藕粉：“大约是山中的清气，和十几里路的步行的结果罢，那一碗看起来似鼻涕，吃起来似泥沙的藕粉，竟使我们嚼出了一种意外的鲜味。”山中的清气和长途的跋涉，能够使鼻涕、泥沙似的藕粉都吃出鲜味来，则我眼前比之藕粉上相得多的茶和菜，其鲜美也可知矣。

2017年4月15日

满陇桂雨及其他

杭州人的赏花是四季流转中的日常。腊月的早晨，出门碰见同小区的李伯伯，脚踏车上挂着虎跑打回的泉水，笑说：“灵峰的梅花开了，好去看了啊。”阳春，在西湖边拍照，前面碧桃树下停着白发的奶奶，背着手仰头看花，一幕相机可以留住的动人春景。风送荷香时，曲院风荷公园中常有老夫妇同撑一把伞，不惧热浪，九曲桥上走走停停，时而俯身靠近花枝去端详一番。到了入秋以后的农历八月份，杭州人几乎是以倒计时般的心情迎接着桂花开放。满城花开时，浸润在“吾无隐乎尔”的香氛之中，人们脸上显出了一年里最松快的神色；嘴角衔着笑意，像是隐藏着满足的叹息。

与这一四时幽赏的风俗相匹配，本地的民生新闻向来也以报道时令花信为己任。有心人若去翻阅旧报纸，能够找到每年最早的樱花、桃花、荷花、桂花、梅花的消息。其中，又以桂花花信及赏桂、食桂的资料最为丰富翔实。如今年8月中旬第一簇秋桂开后，《都市快报》即总结说："近五年来，今年桂花是开得最早的：2010年，杭州第一朵桂花，是9月5日开的；2011年第一朵是8月28日开的；2012年是8月20日；去年夏天特别热，桂花也开得晚一些，一直拖到9月8日，今年是8月16日。比最早的2012年，还要提前四天。"到第二波盛花开时，赏桂花的现场报道，糖桂花的回忆，腌桂花的制作……也以大幅版面一一呈现到读者面前。

我从十年前造访植物园的雨桂算起，在这里也看了八年桂花了。最初我是被一种从未料想到的"奇景"惊住了的，有旧文为证："2005年10月初，豪雨一场，打落桂花无数。那时我到人迹少的植物园桂花紫薇园里去。树冠下的土表，无有不覆落花者。在一围墙边的僻静处，雨后沉沉的树荫之下，丹、金、银三桂的细碎花粒，把墙边石径的道道缝隙填得灿灿满满，此情此景真是夺人心魄。"好花却被雨打风吹去，照理是该倍感可惜的，但看到雨中的落桂花，实际上更强烈的感受却是奢华与惊艳，这样的景象后来又看过几次。

一次是2011年。9月的最后两天我忙于"赶场"，起早奔至植物园——风云莫测，桂花盛开后落起了连绵的雨，意味着花期将骤然缩短，因雨打一天，花就要落下过半，不能不赶着

上图：暴雨中的桂花。下图：落满桂花的石径。

前去。除此，“降雨对花香有很大影响。因为桂花是一种体质花，其芳香油呈游离状态，存在于花冠裂片的内部。当花冠裂片的蜡质被雨水破坏，芳香油即随之挥发、溶解和变质，使花香明显减弱。”——《中国桂花集成》如是说。雨中的桂香偏于清馨，掺杂着草木自身的气息，与晴日确为不同，正如笼在水汽之中的花树，也与阳光普照之下是两种迥异的风味。雨桂之可观，不在枝头花，在于落花。经雨之后，树下、树周无不铺洒着亮色的花毯，在灰暗的雨天底调中分外明艳夺目。尤其如植物园这般大片的密集的树群底下，鹅黄、金黄、橙红三种花毯秩序井然地交替，置身其中，眼见这米粒般细碎花朵，千万数目，织成连绵锦带，一种强烈的慨叹便会油然而生。我拿着相机在早晨人迹罕至的桂花园里转圈，先是忙于留影，后来，变成漫步与徘徊，融入这个自给自足的美的世界：与清清冷冷雨意相对照的、层层叠叠映到眼睛里的繁花；落花被蛛网兜在空中，阴暗里不见丝网，仿佛花于掉落途中被什么力量凌空定格了；自树臂挂下一道蛛丝，末端吊有小小的丹桂一朵，一颗珍珠状圆溜溜水滴，吸附在倒垂的丹桂花朵底下，随风转圈，良久以后，水滴脱离花朵，坠落于地；林边池塘飘浮着落桂的橙黄花带，花的织片随水波流动，缓慢变幻着形状；凝聚在桂叶尖端的水珠，积蓄，积蓄，倏然滑下……不知何时，园里多了三两个老人身影。走到曾经惊艳过的围墙边的石径时，一对老夫妇在高树下流连，老头儿正指挥着老太太站位、拍照呢。走到玻璃顶的科普短廊里，廊下长凳已有一位退休老伯闲坐避雨。见有人来，他主动出声招呼，说起了自家的桂花经验：等天晴时候再来，在树下摊许多油纸，风吹过，接上半天落花，去年他便是用接来的桂花做的两瓶糖桂花。桂花一开出来，老杭州们是天天要出来看花、闻香的，不止植物园，附近杭州花圃北片有个百多棵树的桂花群落，也是十分壮观。我点着头，一边回想起我在那儿拍第二波花所结桂子的情形。

会结子的桂树，称作“子桂”或“结子桂”。杭州的桂树多的是结子桂，盛花以后，10月中旬开始结出青色小果，依着花序形状，簇生于叶腋。这种青枝间的点缀，数目虽多，没有观察习惯则也不大容易发现，因其形体颜色都并不突出。不同的子桂，所结的桂子形状有差别，不过大致可归为椭圆形，且表面都带着白色斑点，似乎是桂果的一个特点。桂子成熟在次年五六月份，熟时紫黑色，蒙着一层白霜。果子晾干以后，种壳内的核肉坚硬得很。

上图：落桂。下图：蛛丝网住的落花。

桂子。

我喜欢桂花的香，也喜欢它的叶和树形。某年记曰：“旧庭院里栽几棵桂花树，与白墙、青瓦、灰地砖极为合衬。以前主要关照它的花，其实桂叶也耐看，革质光亮的单叶，叠加起来，整体上显出一种端庄秀丽的气质。周作人回忆童年有几句诗：‘瓜皮满地绿沉沉，桂树中庭有午荫。蹑足低头忙奔走，捉来几许活苍蝇。’丰子恺为其配漫画，把桂树改作芭蕉。芭蕉固然是诗意的庭院植物，入了画，效果要比桂树好得多，不过，芭蕉有芭蕉意趣，桂花有桂花意趣。除去垂荫有限，芭蕉为‘不坚之身’，不似桂树郁郁常青。”桂叶常青，冬季风骨也不减，只是色调变得暗一些。春天，新枝的伞簇从老的树冠上透出，顶上的新叶初发为红色，阳光透照下叶脉分明，慢慢才转成嫩绿，绿意渐深。桂树始名“木犀”，是其木材纹理似犀角之故，而后“犀”字派生出“樨”，“木樨”这一个派生名有取而代之之势。桂木的纹理，原本我有好些机会亲眼看看的，因小区每年给桂树整枝，用特制的连着长杆的锯子，锯下高处较粗的枝条，我捡其中小一些的、枝型好看的，来当作插花，哪怕时间久后，叶上水分尽失，革质叶的姿态还维持不变，仍不失为装点家居的一道风景。但这时我却偏偏忘记了可以借此查验一下这种木材的纹理。等到爱好木工的青州兄提醒说：“若有粗些的桂花枝不要丢，其横截面的放射纹很美，可打磨些小物。”那个时候，我的瓶插的桂花枝已经撤下，换了新花了。浙地的庭院多植桂花，杭州、绍兴自不必说，我去嘉兴、桐乡、溪口旅游，所到的园林、名人故居的天井中，莫不有几棵栽植多年的大桂花树。受光均匀的树冠，如华盖一般撑开。所以说“桂树中庭有午荫”，是真切而自然的记忆啊。

种桂花的当然不止是庭院。江南寸土无闲，在以桂花为市花的杭州城，桂树的分布几乎是呈撒网平铺之势，无论山间湖畔，穷闾陋巷。只不过未在花期时，其存在不易为人所觉。而在杭州最具代表性的观桂地点（满觉陇、植物园、天竺），称十步一桂，五步一桂，乃至三步一桂，是毫不夸张的。尤其满觉陇与天竺两处，年年有最为勤早，又最为明亮丰美的花集，因山谷地势形成“冷壶效应”，最宜桂花开放。游人稀少的花季清晨，满山满垄，消泯了声息，唯有光、风和煦的照拂，与光风携来、无处不在的芳香。漫步山间，很能理解《望海潮》“三秋桂子，十里荷花”句，何以会被长久附会为胡马南窥之由。造化的丰足，映照出人世的缺憾。

满觉陇也是每年头一簇秋桂开放之地。秋桂一季开三波，在往年，邂逅头一波桂花香多是8月底或者9月初的事。桂花喜

庭院中的桂花树。

上图：满觉陇桂花。下图：灵隐桂花。

欢20～30度间的气温。在这个区间里，倘若又是湿度大、早晚温差也大的天气，那么不知不觉间，花苞就鼓胀起来。到了香眼期，还未绽开时，花苞中的芳香油，已经包藏不住，挥发四散开来，左近的空气里就满是桂花特有的甜香了。头一波花作为盛花的前锋，规模并不大，开的多是柠檬黄的银桂。这一波歇下以后，要等到9月下旬（有些年份是9月中或10月初）才迎来第二波，也即是一年之中最盛大的秋香花事。这一波花大开之前，照例会有持续数天的闷热天气，是“八月桂花香”到来的一个特定的天气预兆。今年盛花将至时，闷闷的一个周末，我们在靠着后阳台的餐厅吃早饭，妈妈看看外间天色，随口说道：“八月桂花蒸了啊。”“桂花蒸”，也即“木犀蒸”，顾禄《清嘉录》卷八之《木犀蒸》条目有一解说：“将花之时，必有数日炎热如溽暑，谓之木犀蒸，言蒸郁而始花也。自是金风催蕊，玉露零香。男女耆稚，极意纵游，兼旬始歇，号为木犀市。”

满觉陇的木犀市，明代高濂《四时幽赏录》以“珠英琼树，香满空山，快赏幽深，恍入灵鹫金粟世界”形容；最早，我是在2009年盛花时一个周末去的，感觉却是十分失落。满觉陇的农家依靠桂花吃饭，户户庭前连绵成片的桂花树下，搭起防雨的绿色塑料篷帐，把本来不易透露的天光遮得严严实实，其下见缝插针，布满桌椅条凳。贴着“喝茶、吃饭”“桂花栗子羹”几个机打大字的塑料招牌立在路旁。一片摩肩接踵游客携来的嘈杂音声里，时而飘过两旁篷帐中茶客聚餐所散发的烟气与酒肉气；沿路走着，又见散落的果皮纸片，乃至随意折下又丢弃于地的桂花花枝……令人心中憋闷，只觉此处堪称是西湖边暴殄天物之最了。好比周作人抱怨北京的茶食，说“这也未必全是为贪口腹之欲，总觉得住在古老的京城里吃不到包含历史的精炼的或颓废的点心是一个很大的缺陷”——在闻名四海的西湖边钟灵毓秀之地，却没有看到与之相得益彰的人工环境，总也觉得是一个莫大的缺陷。对于满觉陇这著名景点，除开闹中取静的满陇桂雨公园，我是一直这么腹诽着的。直到今年9月底随杭州的小学生见证了一回“满陇桂雨”的实景，才获得一种不同以往的视角。

这是满觉陇村民有感于小学语文课本配图中的谬误，特地邀请学生参与的一项体验活动。原来，五年级课文《桂花雨》有一配图，图中母女二人，正在一株满树金花的桂花树下摇动树干，抢收桂花；正读五年级的满觉陇桂农老唐的女儿，见此十分不解，把疑惑提到了爸爸跟前：“我们村都是‘打桂花’，课文里头怎么是‘摇桂花’呢？”老唐看看课文与配图，感到图中所示的收桂花法，的确容易引起误解，因桂花实际上很难通过摇动树干收取，且摇树之举较为粗暴，容易伤树。而图中树下未接纱帐，任桂花直接掉落于地，这样的花朵，也是无法用来进一步加工的。老唐把这信息反映到了媒体。记者与满觉陇村互动之时，村里发出热情邀请，“读万卷书还要行万里路”，请杭州城的伢儿们到桂花林中来，体验打桂花与真正的桂花雨。活动定在9月底一个适合打花的早晨，石屋洞公园前的桂花林下。因提前得知消息，我也有幸沾光，一睹这闻名已久的新“西湖十景”之一：满陇桂雨。

向来村中打桂花，是在清晨天未全亮时，三人以上结成一队，执长竹竿者敲打高高的桂枝，队中二人手持“纱帐”——宽约三米，长六七米的长幅篷布，两端以竹竿做轴——分立两边，打落的桂花尽归帐中。“打手”懂得控制力度，轻敲枝干，避免伤及易折的细枝。竹竿一击，金黄花雨即从树顶扑簌簌急落，跌入纱帐。花雨阵阵，此时的纱帐便如展开的长长画卷一般，积起层层花粒，色香醉人。这一桂花收取之法，在《广群芳谱》所引的《清供录》“天香汤”条目中，已说得清楚明了：“白木犀盛开时，清晨带露，用杖打下花。以布被盛之，拣去蒂萼，顿在净磁器内。”晴日清晨，以击打法取之，显是收其精华，减少损失的道理。桂之天香不能久存，尤其易叫雨打风吹去，这是有点赏桂经验的人都懂得的。

那一天打桂花活动从上午八点开始。我下了车，往石屋洞公园走时，一位村妇端着簸箕经过身旁。侧目看去，她手中竟是满满一簸箕新鲜橙红的丹桂花朵，显然刚从山中收来，看得我越发加快了步伐。在公园转过片刻，时辰一到，先是跟着学生齐聚到桂花林下，听一位姓胡的书记介绍“满陇桂雨”的由来、打桂花的方法云云。末了，这位老杭州满怀感情说道：希望今天看过满陇桂雨的同学们，长大以后，还会想起小时候这次经历，这是我们杭州人特有的童年记忆啊！——听在我这个新杭州人耳里，也不禁心里一动，为现场小同学们感到幸运。书记言罢，和壮小伙几个，一人一柄长竹竿，将执纱帐的工作交给童子军，仰起头来，对准目标击下。花枝一颤，花粒如雨点簌簌而下，人群中炸开轰然一阵欢呼。桂花落入纱帐，也落在我前方一排扎马尾的小姑娘头顶、发辫上。有带着小竹篮、小盒子、食品袋的小朋友，纷纷把篮子、盒子、袋子伸入花雨中接花。游人睁着大眼围拢，纱帐周围一时水泄不通。

就这样从石屋洞门前，抬着纱帐直往上打。打到后来，索

满陇桂雨。

打桂花。

上图：接桂花的小菜蓝。下图：小学生头顶上的桂花。

性将竹竿放与学生，任小孩们争先恐后，数人共执一竿打花。纱帐吃重，渐呈累累下坠之势。原本执竿的小伙，便取了粗格的米筛来，舀起前面的成果，将花粒中的落叶与细枝一干杂物筛出。过第二遍筛时换上细网格的筛子，滤去残余的细屑，而金黄的桂米，便从筛孔中摇落，高高低低，前赴后继，仿佛顽皮笑闹的无数小小生命，予旁观者如我，一种沉醉的梦幻感。筛净的桂米盛在匾中，即刻送往满觉陇最大的桂花作坊，以梅卤腌制起来。作坊同时是民居，平日里并不对外开放，而此次也得以一并参观，令紧追不舍的游客们兴奋异常。我们这批客人获准进入时，着皮围裙的一位光膀子壮汉正俯身在一只橘色大桶前，手不停歇，用浅褐色的梅卤水（青梅与食盐所制卤水）翻洗桂花。只见他古铜色手臂上沾满金黄花粒，铁汉也平添几分柔情，令人莞尔。桂花经此初步处理，下一步要移到一米高的大缸之中，再次拌入梅卤与食盐，如腌菜一般存满整缸，以塑料膜作封、竹片打底，面上再压四个三十斤重的陶罐子，而后盖上特制的竹编大斗笠。腌制半月，再取出时，便是可用来制作糖桂花的半成品了。梅卤腌制法，乃是为了保留桂花的色香，同时也去除鲜花中的涩味。这种半成品咸桂花，经漂洗去盐，晾干后拌入白砂糖槌捣，即得满觉陇特制糖桂花。

筛桂花。上图：粗筛。下图：细筛。

上图：梅卤水洗桂花。下图：腌制桂花的缸和大斗笠。

普通家庭用糖桂花，多用在桂花糯米藕与桂花年糕上；满觉陇秋香季节的时令名产，则是糖桂花所做“桂花藕粉”与“桂花栗子羹”。有一回我从龙井村走到满觉陇，唇干舌燥之际，恰逢路边农家乐的老板娘热情招呼，唤我去吃桂花栗子羹；看看里头人并不多，我便欣然从命，捡一张空桌，坐下来歇歇腰腿也好。栗子羹上得快，羹色温润剔透，栗子碎与桂花粒点缀其间，甜味适中，倒也称得上色香味俱全。正埋头品尝着，身旁悄悄多了一人——不请自到的，是一位看上去整齐干练的妇女，先是笑称与我有眼缘，接着便提出要给我看看手相。被婉拒数次，她仍是笑意殷殷，百般游说，不肯就去。这份坚韧不拔与无中生有的嘴皮功夫，让我招架不住，只好乖乖就范，最后皆大欢喜。也算是景区赏秋香附带的“人文体验”了。

是今年看桂花季的报纸才了解到，早先满觉陇之桂花栗子羹，并非如今这种糖桂花、栗子碎与藕粉的组合，而另有其指：“当年满觉陇村，除了有桂花树，还有板栗树。那时候，我们的祖辈按照三棵桂花一棵板栗的次序种植的，而那个板栗树，因为长在桂花树边上，出产的板栗生来就带着桂花香。这样的栗子做成的羹，即使不加桂花也有桂花香，所以就叫桂花

上图：桂花糖藕、桂花栗子羹。下图：几种桂花糕。

栗子羹。”唐村长这般告诉记者。可惜栗树寿命不比桂花，等到上世纪70年代，此地的板栗已经没落，桂香味的栗子，也便逐渐绝迹了。不惟桂香栗子，甚至连糖桂花的制作如今也走着下坡路。看完打桂花、腌桂花的当晚，本地新闻里采访了满觉陇一位做糖桂花已有45年的胡老先生，81岁，提到现今村里打桂花、做桂花的人越来越少。听得人吃惊。仔细想想，桂花的时令性、在地性太强，靠桂花吃饭，确实不如茶叶容易。大约正是因此，满觉陇看起来没有数里之外以龙井茶著称的翁家山富有。不过，我总还觉得桂花产业尚有许多进步的余地，下一代再下一代的杭州人，应不至于难以看到这代表着杭州风味的桂花风俗画吧。

翁家山—烟霞洞—杨梅岭—满觉陇—石屋洞，这一条连贯的观桂路线上，路旁农家以矿泉水瓶养花枝；地里忙完的村民，担子一头捎带一束倒挂的银桂悠然下山；抑或上前推销茶叶的老妇人，先会得轻声细语招呼“桂花开了，真香啊”……这样的场景，与打桂花、腌桂花一样，是本真的杭州山民生活的一面。便连开在这蜿蜒飘香山路上的公车，也自有其应景之举：刷卡机后插桂花一两枝，令整车的人为这小小景观深深感染。今年9月底，某天晚上我正回忆起往年邂逅公车桂花的一

山民插花。

幕，次日下班坐车时，在市区的公交上，不期然重又经历了一回：正对着上车的乘客，端端正正摆放的是一束桂花，俨然带着迎宾姿态的好桂花。当日带了相机，看我拿出来横拍竖拍，司机畅怀一笑，建议我等红灯或者停车时拍，“拍好了，让我也看看”。这便是我印象中最抚慰人心的桂花香了，“这时我忘记我是一只骆驼，我身上负有人生的重担”。

附：书摘及作者按（《中国桂花集成》）

桂花的分类

“‘两类四群’的分类系统得到学者们一致认可。根据开花季节的不同，把桂花分为四季桂类和秋桂类两大类；再根据花部性状和营养器官各项特征的不同；在四季桂类下单独列出一个四季桂品种群；在秋桂类下分别划出银桂类、金桂类和丹桂类三个品种群。”（第30页）

（宋按：四个品种群下，还有许多个不同的具体品种。）

大致区分法

“开花前夕，远处眺望秋桂类开花植株，凡大枝斜展或平展、树冠近扁球形、花苞黄中带绿色的，是银桂类品种；凡

上图：金桂。下图：银桂。

丹桂。

大枝挺拔斜上、树冠近椭球形或圆球形、花苞呈中黄色的，是金桂类品种；又凡大枝峭立、小枝直立如火炬、树冠椭球形或圆球形、内部常呈中空状态、花苞黄中带橙色的是丹桂类品种。”（第44页）

花色是鉴别桂花品种的主要依据。“各品种群盛花期间，其典型花色表现为：金桂品种群多呈现金黄色，大多数银桂品种群呈现柠檬黄色，丹桂品种群中有的呈现橙黄色、有的呈现橙红色，四季桂品种群的花色与银桂品种群基本相同，一般为柠檬黄色。”（第24页）

（宋按：1.同一品种的花色也会随着花期的物候进程，以及开花先后荏数而变化。

2.叶形不是判别桂花品种的主要依据，因其受环境影响较大；据尹廷相报道，“叶长与叶宽的比值、叶面上叶肉的凸起度、网脉以及叶缘的波曲度等特征则相对比较稳定，可供鉴别桂花品种时参考”。（第16页）

3.“桂冠诗人”之“桂”非桂花[木犀科木犀属]，乃是樟科月桂[*Laurus nobilis*]。

4.据称，我国的桂花品种，以银桂香气为上品，金桂为较好的品种，丹桂次之。

5.桂花开花物候期：包括花芽萌动期、花芽萌发期、圆珠期、顶壳期、铃梗期、香眼期、初花期、盛花初期、盛花期、盛花末期和花谢期共十一个物候期。）

采收方式和方法

（1）结合整枝采花，（2）振落收集桂花，（3）上树采摘。

采后储放

“桂花采下后要注意储放，切忌日晒，以免水分和芳香油蒸发而失重变质。刚采下的桂花，呼吸作用和蒸腾作用都相当旺盛，所以运回室内后，应存放在通风透气的箩筐、竹篮中，或摊开在竹席上，厚度不宜超过6～7cm，并应及时运往加工厂进行保鲜初加工。”（第188页）

保鲜及初加工

“桂花采收后，必须在当天立即进行保鲜，不可堆置过夜，否则很易变质。保鲜方法依桂花用途而异：用于提炼桂花浸膏的，可将桂花浸泡在食盐和白矾的混合溶液中，再运至工厂用香料专用的石油醚等有机溶剂浸提；用于酿制桂花酒的，可浸泡在食用酒精中；用于供食品厂制作蜜饯、糖果和糕点的，则可采用梅酱保鲜。”（第189页）

（宋按：1.江南地区传统使用的梅卤保鲜法，与梅酱保鲜大致同。

2.塑料和金属器皿不宜盛装桂花，因塑料能强烈吸收香味，而金属可使花中的单宁变色。）

《山居杂忆》里桂花糖的做法（已稍事编辑并排序）

1.采集桂花时，整枝带花剪下，再轻轻将花朵从细的青枝上摘下，去蒂去芯，放入白瓷盘中。

2.检查后倒入纱布袋中，再浸在酸梅干的水里。咸梅干可以从南货店买到。买来后将外面的盐洗净，放在大瓷钵中，倾入沸水，浸数小时。直到沸水冷却，用口尝尝酸液的浓度，如已足够，就将此水倒入一大口玻璃瓶中，这就是浸桂花的酸梅水。桂花在大玻璃瓶的酸梅水中要浸三小时以上，这样桂花的色泽就会永远不变了。

3.与此同时，买来纯白无杂质的大块冰糖，磨成细粉，要细得跟水磨粉一样。然后把在酸梅水中浸了三小时以上的桂花放入捣臼，舂成糨糊状，加入磨细的冰糖粉，拌匀，使它的颜色跟桂花的颜色一样。然后用力舂捣，直到臼内的桂花糖与臼底完全脱离，毫无黏滞之感为止。

4.取出成对的印板。把捣好的桂花糖泥放入有花纹的印板，然后将配对的印板合上，用手按平，再轻轻揭开上面那块，就可以取下制成的桂花糖了。

在石灰上铺一层矾纸，将制成的桂花糖一粒粒均匀地放在矾纸上，直到糖变干、变硬、入口不化、可在嘴里含很多时候才算符合要求。这时，可以把桂花糖用白绵纸包好，再放入石灰箱（收燥、吸潮）。可存二十年不坏。

2014年12月28日

西湖莲市

隐隐约约，从两千米外的西泠桥桥洞，驶出一艘船，沿着新新饭店荷区的边缘，逡巡片刻，便往东面断桥方向迤逦而来。这一头，等候在断桥西侧水岸边、法桐树下的老人中，眼尖的一位，率先叫了出来："船过来了！"人群都朝小船望去。

每一年，从7月中旬开始，西湖水域工作人员会将清晨所摘荷叶莲蓬，运至断桥旁公开售卖，一直持续到9月花期将尽时。西泠桥过来的这一艘，便是运送荷叶莲蓬的工作船。此际，站在法桐树下遥望，连绵的武林山如黛色幕布，北里湖两岸，翠色一浅一深，天光云影，映入湖中，小木船悠游着，渐行渐近，片刻工夫，已驶在白堤的平行线上了。

蓝衣蓝帽的驾驶员坐在船尾。船舱中，穿卡其色工作装的两位，都戴草帽，一人倚着船舷而坐，一人自舱中立起身来，负手东望。两人中间，黄色船舷的上方露出了青绿的色块，那

上图：晨光中的荷叶。下图：遥望工作船从西泠桥来。

是叠放在船舱中的荷叶堆“探出头”来的部分。辨清了船中的荷叶，莲市的老主顾们吃下了定心丸般，“快快快，该排队了”。手里捏着零钞、塑料袋或是布袋子，沿水岸一字排开长队，个个面露喜色。

这翘首以盼的队伍里也有一个我。早先在7月20号的晚上，看民生新闻提到西湖莲蓬荷叶又开始现摘现卖了。对于莲市虽然早有耳闻，一直没有亲眼见过。于是，在7月末起了一个早，从曲院风荷步行至孤山，过白堤，到断桥的北山街那一头去。

沿着后孤山荷区看花时，七点光景，果然碰见了乘坐菱桶的采莲工，着长袖的工作装，戴手套、鸭舌帽，时常连人带桶没入叶丛，在荷叶缝隙间偶尔露出一块背影、一个帽顶。看到那近于荷叶色的、仅容一人的小小菱桶，一阵熟悉的感觉涌上心头。小时候，常听妈妈说起她童年时的劳作，夏天的上午，要挖够一千条蚯蚓给一千个鱼钩配饵，下午要采三个河塘里的菱角。妈妈容易晕船，坐在菱桶里，不由得边采边哭。那时她才不过六七岁年纪。我听完便追问，“菱桶”是个什么东西，怎么划呢？老式的菱桶跟船一样都是木制，有一对小板子当手划桨，后来我在菱塘里看到了。眼前船工用的塑料菱桶，形状并无差别，像是规则化了的蚕茧的剖面。采荷叶莲蓬，与采菱角在工作环境上很不相同。菱荡平平，菱角藤浮于水面，由得风自由吹在采菱人身上。采莲工则要把菱桶划到高高大大的叶片底下，顶上的荷叶茂密如盖，埋身其中实在闷热得紧。在后孤山荷区见到两位船工同时作业，都是一副汗流浃背的样子，这种情形之下，自然不大会有兴致欣赏“莲叶何田田”“鱼戏莲叶间”了。

西湖采莲，所取的荷叶与莲蓬，实际是荷花养护的副产品。荷花进入盛花期以后，清晨，尚有些凉意，工作人员划着载有菱桶的采莲船，往来于各荷区，在荷叶莲茎过密处疏摘，以保证荷花良好生长。摘下的荷叶莲蓬，挑选整理后售与市民，颇有物尽其用之意。

然而，这一次我却连莲市的影子也没有见到。七点半来到断桥边“云水光中”水榭，一如往常，文艺爱好者们正在亭中随着乐声翩翩起舞。桥边荷叶向着南面斜过身去；荷花开得沉静；游客惊艳，就着最近的荷花留影；晨风中，青年人弓身骑上断桥。我问旁边的保安，荷叶莲蓬是在这里卖吗？“是在这里，”他瞧我一眼，“不过一般买不到的啦。”忽然提高了音量。“要很早很早来领号子，有个老太婆来了三趟还没买到呢！”“这样啊……”

后孤山荷区。

上图：坐菱桶的采莲工。下图：载着菱桶的采莲船，收工往西泠桥去。

想着起个大早再来，第二次五点钟赶到了水榭旁。天还未亮，湖上一片雾茫茫，捕鱼船已在工作了。透过相机镜头看到网起来的大鱼，尾巴在动。船工撒网以前，先用长竹竿赶鱼，运动右臂，将竹竿从身后挥往身前，高高挥过头顶，拍入水中，一声响，一片浪花起。六点半，船工收了网，端坐舱中，以足驭桨，往西泠桥方向去了。这时，重对着眼前密密的绿叶红花，我才觉得有点儿不对：卖荷叶的船会从哪个方向来，停在哪里；来发号子的人呢，何以不见踪影？往北山街前后两个方向踱了一阵，试图寻找同伴；至七点，打捞浮物的清洁船来，岸上行人也渐多，时而有人停步与船工问答，我也上前打探消息。船工却泼下一盆冷水道："双休日他们休息，不卖荷叶莲蓬的。你快回吧！"

也是越挫越勇，第三次去，依然先到水榭外面候着。新闻里说售卖是在"断桥边"，到了实地，究竟什么方位呢？还是茫无头绪。正待再向保安请教，有本地中年人从旁经过，一人往西一指，跟同伴说道："看，那边买荷叶的人又在排队了。"顺着他手指方向望去，二十米开外，断桥荷区的边沿，北山街临湖一把长椅附近，似乎有人员聚集的迹象。走过去，站在两位老太太边上。果然，其中一位开始自言自语，"今天

上图：工作中的捕鱼船。下图：打捞浮物的清洁船。

发号子的人怎么还不来？”——是了，原来是在此处！

“估计今天发号子的人不来。”坐长椅的大爷看了看表，接过话头。此时是六点半。他转过身继续说道：“我看我们自己写一下号子，分一分就好。要是后面发号的人来了，大家也可以互相做个见证。”“对对对。”“那我去那边店里借一下纸笔。”几分钟后，自告奋勇的胖大嫂带回一张白纸，一支圆珠笔。大爷把白纸折叠几遍，撕成小片，在每一片上写数，一直写到了“36”。我领了第七号，和其他三位并排坐到法国梧桐树的围栏木座上。她们从随身包中拿出果子、水煮蛋，轻松地聊起天来。

“今天总算排得比较靠前了。你们来领了几次了？”“两次。”“我三次。我从火车东站过来，想早点来不过没有车，没有办法。”“早些天，人真叫多啊。上次我是六点多到，领了五十号——末号，结果没买到。每人十张荷叶，分不过来。”“越到后头，买的人少些，像今天，人数就没有那么多。因为前头的人已经买饱了。”“是的。”

一只白色大鸟在湖面上空悠悠地飞，滑翔起来，速度慢得像风筝。我再定睛一看，果然是风筝。操纵的人在对面白堤上。

“我是年年来的，一周来买三趟。像周一周二，只要天气好，船都会来，因为周末两天没有卖嘛。落雨天看情况，如果他们快要摘好才落雨，还是会运过来卖。要是落得早，他们就收工回去了。”“我也年年来。今年天凉，卖得迟，往常7月十几号就开始卖啦。”“会卖到什么时候啊？是不是8月底就没了？”答话那人摇着头，“还有还有，要到9月头一个礼拜。不过，8月底来买的人少得多了，不用领号。有时候荷叶还卖不光。莲蓬也老咯。”“今天人少，最好每个人多分一点。一个人20张荷叶，呵呵……”

笑声后，话音暂歇，大家一起看湖。一会儿，身旁的老太太喃喃自语：“西湖边，蚊子也不大有，我坐在这里一口也没被咬。”是的，是的，我动了动手脚，在心里点头。清凉的风吹在脚上，竟觉得有点儿冷。

“西湖水好，所以荷叶莲蓬也好，市场里卖的就比不了，这是硬碰硬的。我的小孙子，他都能吃出来是不是西湖的莲蓬。西湖莲蓬特别新鲜，特别甜。”“头蓬最好吃，嫩啊！我叫老头来买，我一下吃了三个。”

“荷叶呢，你们怎么用？”“我们家是泡茶和煮粥。”“荷叶泡出来啥颜色？”“没啥颜色，就淡淡的绿。”“荷叶泡茶有点苦呢，吃多了很‘刮’，胃感觉受不了。我拿来做荷叶包鸡，蛮香。不过鸡肉跟荷叶接触的地方也有点儿苦。”“现在多买点，可以风干了慢慢用。要么，晒干后放屋里回回潮再收起来。否则容易碎。”

有人注意到新新饭店荷区那边，有船围着荷花在转，兴奋了：“看，应该在摘！只要摘了就会卖。他们是一个点、一个点摘过来的。”

“今天应该没问题。我啊，上次刚到，船就开回去了，一地在收拾荷叶。我拉住一个，问能不能让一张给我，结果不肯，一张都不肯！”大家笑了。一人接道：“没关系。买到固然好，买不到就当散散步，西湖边空气好呀。”这时有人起身，先到水榭跳舞去了。两位大嫂踱到水边，给那荷花丛中溜出来的大小鸭子喂食，小鸭却转而去啄浮标上的青苔吃。

等待的人群里，陆续有新成员加入，从长椅大爷那儿领上一个自制的号子。8点一过，好几位的眼睛不约而同盯住西泠桥方向。等到那小小的黑点从桥洞现身，由最眼尖的一位通报了出来，人群就像是投入了巨石的湖面，动荡不休。8点一刻，这条编号为“149”的工作船靠了岸。舱中散布着的六七个一堆的莲蓬，这下也看得清清楚楚了。去了柄的荷叶，对折

莲市。

后整整齐齐码放在舱中，煞是好看。那两位着卡其色工作装的船工，各司其职，一位撑上岸来，面朝湖水坐下，用两膝夹住一只看来是用于收银的塑料桶。另一位则向队伍报说价格与限购的数量：荷叶是5角一张，莲蓬依据品相，一二元不等；莲蓬每人限买10元，而荷叶不限量。没等他说完，排在首位的已经把钱递去给收银的船工了。根据同伴的报数，售货的船工弯腰数够货物，高高举起，递到顾客手中。先领了荷叶莲蓬的人，在余人歆羡的目光里，捧放到法桐树下的围栏木座上去整理：甩甩荷叶上的水珠，再拿出绳子来将荷叶卷拢捆扎。那位借来纸笔的胖大嫂显出豪客派头，面前摊开三大叠荷叶，约莫有60张。整理的动作也是十分熟练。她将荷叶尽数纳入几个大袋，用电动车载着走了。骑脚踏车来的人，都将荷叶团紧后放进车斗，像推着一捧捧青翠的捧花。一两个好奇的路人，俯身下来闻香，又向荷叶的主人讨教着用途。不过十来分钟工夫，岸边传出一声失望的埋怨："怎么到了我这里就没有了呢？"才知道，船已结束任务，要开回去了。听那售货的船工无奈应道："看天的呀。"

我守着我的那一份：23张荷叶（多送了3张），8个莲蓬，看船开得远了，开始在树下慢慢整理。一对散步的老夫

上图：买荷叶的老人。下图：西湖荷叶莲蓬。

妇停下脚，彬彬有礼地询问能否卖两张荷叶给他们。想起那位抱怨“一张都不肯”的大姐，我笑了。“不用买，我送你们。”“不不不，一定要给钱的。”老太太开始摸钱包。我把面上两张递给老爷子。“谢谢你卖给我们。”他们笑笑告别，终于还是留下了一元硬币。

2015年8月27日

参考书目

《本草纲目通释》，陈贵廷主编，北京：学苑出版社，1995年。

《对中国的乡愁》，青木正儿、吉川幸次郎等著，戴燕、贺圣遂选译，上海：复旦大学出版社，2012年。

《广群芳谱》，汪灏等著，上海：上海书店，1985年。

《海南植物志》第2卷，陈焕镛主编，中国科学院华南植物研究所编辑，北京：科学出版社，1965年。

《花镜》（修订版），陈淏子辑，伊钦恒校注，北京：农业出版社，1979年。

《看云集》，周作人著，止庵校订，北京：北京十月文艺出版社，2011年。

《苦竹杂记》，周作人著，止庵校订，北京：北京十月文艺出版社，2011年。

《两个日本汉学家的中国纪行》，内藤湖南、青木正儿著，王青译，北京：光明日报出版社，1999年。

《牵牛花》，志贺直哉著，楼适夷译，长沙：湖南人民出版社，1981年。

《清嘉录》，顾禄著，来新夏点校，上海：上海古籍出版社，1986年。

《染作江南春水色》，金成熺著，昆明：云南人民出版社，2006年。

《人家都住水云乡——湖州民俗文化研究》，徐可著，杭州：杭州出版社，2007年。

《日本短篇小说选》，高慧勤编选，北京：中国青年出版社，1983年。

《山家清供》，林洪撰，北京：中国商业出版社，1985年。

《山居杂忆》，高诵芬、徐家祯著，海口：南海出版公司，1999年。

《四时幽赏录（外十种）》，高濂等辑撰，上海：上海古籍出版社，1999年。

《苏浙见学录》，来马琢道著，东京：鸿盟社，1913年。

《陶庵梦忆　西湖梦寻》，张岱著，栾保群点校，杭州：浙江古籍出版社，2012年。

《天竺山志》，管庭芬原辑，杭州：杭州出版社，2007年。

《桐城县志》，桐城县地方志编纂委员会编，合肥：黄山书社，1995年。

《乌程霜稻袭人香——湖州稻作文化研究》，余连祥著，杭州：杭州出版社，2008年。

《武林旧事》（插图本），周密著，北京：中华书局，2007年。

《西湖志》48卷，李卫主持编修，成于清雍正十三年（1735）。

《野果》，亨利·大卫·梭罗著，石定乐译，北京：新星出版社，2009年。

《一日一花》，川濑敏郎著，杨玲译，长沙：湖南人民出版社，2014年。

《鹦鹉杯中箬下春——湖州饮食文化漫笔》，冯罗宗著，杭州：杭州出版社，2007年。

《雨天的书》，周作人著，止庵校订，北京：北京十月文艺出版社，2011年。

《越谚》，范寅编撰，上海：上海文艺出版社，1987年。

《浙江植物志》第2卷，王景祥主编，杭州：浙江科学技术出版社，1992年。

《中国传统纺织品印花研究》，郑巨欣著，杭州：中国美术学院出版社，2008年。

《中国桂花集成》，杨康民编著，上海：上海科技出版社，2005年。

《中国植物志》第36卷，中国科学院中国植物志编辑委员会编，北京：科学出版社，1974年。

《中国植物志》第75卷，中国科学院中国植物志编辑委员会编，北京：科学出版社，1979年。

《中国植物志》第76卷第2分册，中国科学院中国植物志编辑委员会编，北京：科学出版社，1991年。

《子恺随笔》，丰子恺著，北京：海豚出版社，2013年。